〔日〕木元哉多 著

史姣 译

点与线

的

ENMADOU SARA NO SUIRI KITAN

推理游戏

阎魔堂沙罗的推理奇谭

台海出版社

◇ 千本櫻文庫 ◇

　　文库，原本是指收纳书物的仓库和书库，也指收纳书与记事簿，以及不常用物品的小箱子。以前者为例，京浜急行线的"金泽文库站"就是以前镰仓时代北条氏用来收藏汉书用的，"金泽文库"名字的由来便是如此。东京都的世田谷区也存在着收集珍贵汉书的"静嘉堂文库"。后者则更多地被称为"手文库"。

　　江户时代以来，可以放入袖袂的小开本书籍逐渐流行起来，被称为"袖珍本"。明治三十六年（1903年），富山房发行了小开本的丛书，起名"袖珍名著文库"。随后，明治四十四年（1911年），讲述战国时代的猿飞佐助和雾隐才藏系列故事的讲谈社"立川文库"发行出版。讲谈是日本民间艺术，以口语化的方式讲述历史故事的形式。而"立川文库"则是将讲谈收录成册集中出版的丛书，据统计，当时刊行量为200册左右。从那时起，文库就脱离了原本的释意，逐渐演变成了现在的类书集丛。

　　文库说法借鉴了日本出版业界的传统说法。而千本樱源自日本奈良县吉野山樱花盛开的奇景，世人皆称"一目千本樱"来形容樱花美景。千本樱文库的纳入作品皆为日系作品，题材包括推理、悬疑、幻想、青春和文化等类型，正如千本樱满山盛开的绝景。

　　现代日本，以"文库"命名刊行的丛书系列有200种以上，所谓

"文库本"只不过是统称而已。日本传统的"文库本"常用的是 A6 尺寸的 148 mm×105 mm，也叫"A6 判"。千本樱文库的所有书籍将在"文库本"的基础上提升，达到 148 mm×210 mm 的开本标准。追求还原的前提下，力图带给读者更清晰的阅读体验。

20 世纪 70 年代以来，日系推理小说逐步进入中国读者的视野。随着时代发展，涌现出一大批不同风格的作家。日系推理能够长久不衰的原因之一在于设立的各种新人奖，这些新人奖能为日本文坛输送新鲜血液，不断地创作优秀作品。其中，以自由度著称的梅菲斯特奖独树一帜。梅菲斯特奖是讲谈社旗下的公募新人奖，其特色在于不限题材，不设字数限制，能够充分发挥作者的想象力和创作力。因此，获奖作品都具有鲜明个性。同时，如森博嗣、京极夏彦、辻村深月等人气作家也都出道于梅菲斯特奖。梅菲斯特作家系列的引进出版，会给读者带来更多的经典佳作。

木元哉多以《阎魔堂沙罗的推理奇谭》获得了第 55 届梅菲斯特奖，随后该系列又出版了多部短篇集，《点与线的推理游戏》便是其中之一。有别于很多传统的推理作品，本作的构成模式是小说中不常见的单元剧，按照既定规则展开故事，并且加入了互动元素。自新本格以来，传统作品偏向离奇和不可思议的谜题，很少会有参与感。而本作可以说是另一种形式的"向读者挑战"。该系列上市之后颇受好评，一年之内出版了四部作品，如今也被改编成了电视剧。

千本樱文库编辑部

RENAISSANCE OF LIGHT NOVEL

轻的文艺复兴

　　轻文艺是介于轻小说与纯文学之间的分类。与轻小说一样，轻文艺较多使用配色浓烈鲜明的背景与人物形象的立绘作为封面。而在内容方面，除了汲取轻小说中"剑与魔法""异能""机械"等常见素材以外，更加注重构筑世界观，搭建合理的人物关系，使其充分服务于剧情发展，因此更加具有逻辑性，作品完成度更高，并非只依托于"角色力"。而与纯文学相比，其天马行空的想象力、更受年轻读者喜欢的角色，以及融入流行文化的余味，都充分诠释了"轻"的概念。作为类型文学的重要分支，"轻文艺"不仅体现着文学的功能性，更将娱乐性发挥得淋漓尽致。

　　说到轻文艺的起源，离不开轻小说的发展。21世纪初，轻小说曾经涌现出大量内容丰富的杰出作品，读者群体涵盖甚广，题材百花齐放，文学性与娱乐性都非常高，当时堪称轻小说的"黄金时代"。但随着动画市场的商业化运作愈发成熟，轻小说逐渐受到形象商务与媒介联动的影响，"萌文化"与"角色力"逐渐占据主导地位，如今轻小说的受众群体范围在逐渐缩小。近年，轻文艺的涌现也正是适应了读者的需求与时代的改变。

　　"轻的文艺复兴"旨在再现当初轻小说"黄金时代"的繁荣，遴选当下具有代表性的轻文艺作品，其中既有口碑甚好的名作，也有个性鲜明的新作。宛如文艺复兴运动，将曾经辉煌过的流行文化，推荐给这个时代的读者们。

 千本樱文库

第
1
话　代罪羔羊 ……………………………… 1

第
2
话　阎魔堂沙罗的日常 …………… 93

第
3
话　沙漠之鹰 ………………………… 113

CONTENTS

代罪 羔羊

01

To a man who says "Who killed me."
she palys a game betting on life and death.

1

秋风瑟瑟，天气逐渐转凉，正是脱下夏季的衣服换上秋冬装的时节。

尼川中学，二年级二班的教室。

午休时分的教室阳台处，向井由芽盘腿坐着，制服短裙外翻，白嫩的大腿露在外面。

旁边的堀之内亚美正看着手机。虽然学校规定在校时应关掉手机，但并没有学生真正遵守。亚美正在浏览喜欢的女艺人的社交账号。

一如往常，毫无变化可言的校园生活。

阳台的这块地方已经成了由芽几人组成的小团体的领地，各个小团体的聚集场所基本是固定的。

大概是由于第二学期的期中考试将近，教室里的气氛有些低沉。学校生活虽然并非无聊至极，但也谈不上有趣。虽然不至于讨厌到不想去的程度，可也绝非是满怀期待无论如何都想去的地方。

由芽无所事事地看着亚美的手机画面。

这时栗竹七菜香向两人走来。由芽、亚美和七菜香是小学时的朋友，升到初二后，三人又被分到了同一个班级里。

"你们快看这个！"

七菜香面带笑容，将手机画面给两人看。

"什么啊？"

由芽抬起头，亚美也凑了过来。

那是一张照片，画面里是一对中年男女，地点好像是酒店的入口处。

"这是什么？"

"再仔细看看两人的脸。"

七菜香用手指操作画面，将二人的面部放大。

"啊，这不是驹野吗？"亚美惊讶道。

由于拍摄位置较远，将画面放大后画质有些粗糙，但仔细看的话，还是可以看出画面中的男人就是她们的班主任老师驹野秀明。

"真的哎，那旁边的女人是他妻子？"

驹野已经结婚了，有两个上小学的孩子。

"哼哼哼。"七菜香发出怪盗鲁邦[1]一般的笑声，"并不是哦，你们仔细看，这是圣也的妈妈啊。"

"欸……还真是！"

女人的确是同班同学江藤圣也的妈妈——未羽。

三人和圣也是同一所小学毕业的，六年级时还同班过。江藤家在当地颇有名气，圣也的父亲——恒男是一名律师，毕业于东京大学。曾有一段时间经常出现在电视里，但因为被曝出与黑社会组织有往来，因此从电视上销声匿迹。然而工作却顺风顺水，就算请求辩护者是十恶不赦的恶人，他也照接不误，硬是将黑的说成白的。在法庭上

1　怪盗鲁邦：漫画作品《鲁邦三世》的出场人物，是日本漫画家Monkey Punch（本名加藤一彦）的漫画系列作品，1967年8月10日在双叶社《周刊漫画Action》创刊号上开始连载。——译者注

依靠巧妙避开不利于己方的证据，对弱者毫不留情的战术，赚得盆满钵满。

而圣也的母亲未羽是模特出身，现在虽然成了全职主妇，但依旧因为其美丽的外表被大家所知。

不过，即便有着优秀的父亲和美丽的母亲，儿子圣也不仅没有遗传到任何一方的优良基因，甚至可以说汇集了两方的缺点。从父亲那遗传的是短腿和粗野的长相，从母亲那遗传的是不灵光的头脑，因此，个子矮加上性格阴沉的圣也在班上并不受欢迎。现在因为某件事，长期在家闭门不出。

"但为什么驹野和圣也的妈妈会在这种地方见面？"

"还有一张更劲爆的呢！"

七菜香滑动屏幕，显示出下一张照片。

"啊！"由芽和亚美同时惊叫出声。

那是一张接吻照。

"也就是说，两人是婚外恋的关系？"

而且是教师和家长之间的婚外恋。

据七菜香所说，照片拍摄地点是车站前的酒店，二人约在酒店入口处碰面，一见面就吻了起来，之后一同走了进去。

"可你怎么会拍到这样的照片？"亚美问道。

"昨天，我翘课没有去补习班，在夜晚的街道上闲逛时，偶然发现了驹野，就跟了上去，之后便看到他来到酒店，和见面的女人突然吻了起来，没多想就拍下来了。那时我还以为是他的妻子，但之后仔细一看照片才发现对方是圣也的母亲。我也吓了一跳。"

那是昨天，也就是星期三晚上八点左右的事。

七菜香和亚美上同一所补习学校，按照成绩顺序分班，亚美在A班，七菜香在D班。这所补习学校很有实力，但相对的课程也比较紧张，周一、周三、周五下午从六点半到九点半，周六及周日也有课。班上上补习学校的学生几乎都在这里。

无论如何，驹野和未羽出轨是不可否认的事实。

"你打算把这些照片怎么办？"由芽说道。

"什么怎么办？"七菜香反问道。

"比如卖给周刊杂志什么的，圣也的父亲是有名人物吧，他妻子出轨，而且是和儿子的班主任老师，或许可以成为杂志素材也说不定。"

"要是卖给杂志周刊，大概能卖多少钱？"

"我好像听过提供信息的报酬是五万日元左右。"

"什么呀，才那么点吗？啊，不过……"

七菜香伸出舌头，舔了舔嘴唇，好像在动什么歪脑筋。

亚美说道："七菜香，那张照片也发给我。"

"好。"

七菜香将图片发给了亚美，亚美打开照片，看着驹野和未羽的接吻瞬间，发出"呵呵"的笑声。

放学后，由芽立马回了家。

打开公寓的大门，从起居室传来巨大的鼾声，身高体大的男人呈大字形躺在地板上，大张的口中流着口水。由芽一脚踩在男人的脸上，用全部体重在男人脸上碾来碾去。

"别挡道，起来了，废柴老爹！"

"唔。"

受到惊吓睁开眼睛的正是由芽的父亲——向井铁矢，四十三岁。

"啊，你回来了。"

不加修饰的胡碴，乱糟糟的长发，皱皱巴巴的长汗衫。这当然不是时尚，只是因为懒得出门才会变成这样。父亲看着自家女儿的脸，微微笑了。

由芽叹了口气。

父亲是个毫无名气的画家，虽然有在拉面店打工，但一个月的收入也只有十万日元左右。不打工的日子他会去公园的散步道，在没有许可的情况下一边画画一边展示售卖自己的画作。尽管偶尔也会卖出几幅，可一个月还不到一万日元。

他们所住的公寓十分老旧，每月租金四万日元，下雨时会到处漏雨。虽然有水冲式厕所，但没有浴室。房东从好几年前就说要拆除这里，请他们搬出去，但至今他们仍死赖着。

母亲受够了这种生活，在三个月前离家出走，只留下一张暂时去熟人那寄住的纸条。尽管向警察提交了搜寻请求，可因为警察判断达不到立案标准，因此母亲至今行踪不明。那一天真的糟透了，父亲看到母亲留下的纸条，意识到母亲离家出走，便急忙跑来学校通知由芽。

当时正是第五节课的中途，教室门突然被打开。

"由芽，不好了！妈妈她离家出走了！"

眼看就要哭出来的父亲大喊道，因为这一出，由芽成了全班的笑料。比起母亲离家出走带来的打击，她更觉得丢人。

父亲睡在起居室的话，连坐的地方都没有。由芽一说"让开"，父亲便立马挪了位置。看来是在做副业贴DM[1]封缄的途中睡着了，成堆的DM随意散落在桌子上。

工作内容很简单，就是将写有收信人姓名与地址的封缄贴到信封上，一张0.5日元。

"你根本就没在做吧？"

"抱歉抱歉，做着做着就困了。"

"你一天要睡多少才够？"

父亲特别能睡，一天当中一半的时间都在睡觉。

由芽到卫生间洗了手，还好天气已经转凉。因为没有浴室，就算出了一身汗，也只能用湿毛巾擦擦身体。因为没有洗衣机，衣服全部得手洗，随着夏天结束，洗衣的次数也减少了，仅这一点就省了不少事。

由芽想要脱掉水手服，但因为尺码太小，绷得太紧，一时很难脱

1　DM：英文Direct Mail的省略表述，直译为"直接邮寄"，即通过邮寄、赠送等形式，将商品目录或介绍直接邮寄到消费者手中的宣传及推销手段。——译者注

下。而裙子则完全是超短裙。

在这一年间由芽身高猛蹿，衣服尺码从M涨到LL。在上小学前因为是早产儿的关系，她在同龄孩子中还算个子比较矮的。升入中学后突然进入成长期，仅最近一年就长高了十五厘米，如今身高已超过一米七，而且还在长高。听说姥姥好像是高个子，看来是隔代遗传。

但即便如此，按照他们家的经济状况，要换一套新制服根本不现实。现在身上穿的制服还是邻居家的姐姐穿剩下的，附近也没有穿过LL尺码制服的熟人，所以只能买新的。不过，她并不想专门花高价买一套再穿一年半左右便再无用处的制服，所以只好将着穿到毕业。

换了身运动服，盘腿坐下，开始贴DM封缄。父亲大概察觉到由芽心情不好，便讨好道。

"辛苦了，学习累了吧，我给你揉揉肩吧？"

父亲站到由芽身后，开始给由芽按摩肩膀。

然后接了一杯自来水，还端来了小零食。所谓的小零食就是将面包边用油炸过后撒上糖的食物，面包边是从附近的面包店免费得到的，有时这也会成为他们的主食。

由于正是长身体的时候，肚子很快就会饿，由芽拿起面包边啃起来。

即使是这样的生活，父亲也很幸福。

没有钱对父亲来说并不会构成不幸的条件，只要可以随心所欲地画画，和自己所爱的家人生活在一起，还有就是可以尽情睡觉，有最低限度的食物的话，即便再贫穷也不会觉得苦。

　　另外，其实在食物上他们也不是十分困扰，因为父亲简直是蹭酒的天才。晚上到繁华街上，看到那些似乎很有钱的人便加入其中，一番奉承讨好，有时甚至表现得像乞丐一样获取他人的同情，让对方请自己喝酒。因为很会活跃气氛，不管在什么样的场合都不会拘谨。然后就会把吃剩下的料理打包带回家，尽管大都是炸鸡块之类的下酒菜。

　　对父亲来说好像不存在面子这回事，也完全不在意他人的眼光。简直是可以比拟凡·高的怪人，但不同的是上天并没有赐予他绘画的才能。为何父亲对现在的生活不会感到丝毫不安呢？即使是自己的父亲，由芽也完全无法理解。

　　由芽叹了口气，继续贴着DM封缄。

　　之后过了一周。

　　期中考试结束后的第一次数学课。

　　驹野发着答卷。

　　"那么开始发答卷了，叫到名字的同学到前面来。相泽。"

　　按照五十音图[1]的顺序依次叫名字领取，轮到由芽，她上前领了答卷返回座位，八十八分，对由芽来说还算正常。尽管家里没钱让她读补习学校，但她仍靠着自学保持着中上等的成绩。

1　日语的每个假名代表一个音节（拟音除外），所以属于音节字母。日语的假名共有71个，包括清音、浊音、半浊音和拨音。其中表示45个清音音节的假名，按照发音规律可排列成表，这个假名表称为五十音图。——译者注

所有人的答卷都发下来后，驹野开始讲解标准答案。

下课后，由芽转向身后。

身后是亚美的座位，桌子上放着数学考卷，分数是一百分。

"哇，一百分，亚美好厉害啊！"

"啊，嗯……"亚美似乎并不高兴。

"怎么了？"

"这个分数其实算错了。"

"啊？"

仔细看亚美的卷子就会发现明明答案是错的却打了对号，而且是三道问题，两个四分的问题加上一个三分的问题，亚美的正确得分应是八十九分才对。

"怎么办，要去请老师改过来吗？"亚美说道。

"啊？为什么？"

"因为我明明做错了却被当成了对的。"

"那有什么关系，装不知道就好了。反正是驹野的失误，就当是天上掉馅饼吧。"

"……"

亚美还是苦着一张脸，好不容易碰到好运拿了一百分，却在烦恼要不要去纠正过来。这就是亚美的作风，可能她本人会觉得好像自己在撒谎一样，有些于心不安吧。

三人按成绩高低顺序排序的话，依次是亚美、由芽、七菜香。亚美几乎所有的科目都在九十分以上，但不擅长的数学总是拖后腿，一般都是八十多分，有时甚至会跌到七十多分。亚美的目标是依靠推荐升入私立高中，因此内申点[1]越高越好。若是不擅长的数学拿到一百分的话，或许能拿到年级第一也说不定。

最后，亚美还是没有去订正。

这天所有课结束后开始了班会。

驹野说道："今天我们要决定文艺表演会上演出剧目的角色分配。"

秋天的文艺表演会，二年级被分到表演戏剧。

二班的演出剧目是《七夕之恋》。

剧情大概是，某家名门正派的大家闺秀，在七夕夜遇上一位漂泊不定的不良少年并陷入爱河，然后不顾周围人的反对与少年私奔的故事。标准的少女漫画般的爱情故事，出场人物有女主人公和恋人、女主人公的父母、朋友们、执事、黑道老大及其小弟、流浪者、仙子等。

同学们已经将想要扮演的角色写好交上去了，角色最多可填写两个。

由芽的第一志愿是小道具担当（规定人数两人），第二志愿是大道具担当（规定人数三人）。不擅长在人前表现自己的亚美也和由芽填了一样的角色。

若期望的角色冲突的话，则由全班投票决定。虽然这样说，但实

1　内申点：即记载在学生报告书中的成绩。日本升入高中时，由初中向高中提交的记录了学生学习状况及学校生活的报告书，又称"内申书"或"调查书"。——译者注

际上极少用过投票的方式。因为班级内部会提前商量，谁会报名什么角色基本都是定好了的，若真的重叠的话，默认都是靠在班级里的地位高低做决定。地位高的人优先选择，地位低的人则识相地将角色让出来。

小道具担当只有两人报名，因此顺利地决定了。

引发风波的是女主人公的角色。

报名人员有两人，丸美丽奈和栗竹七菜香。

教室内一阵骚动。

"为什么……"由芽不由地发出疑问。

她转过身，和身后的亚美目光相遇，亚美也一脸惊讶。

两人都没想到七菜香竟然真的会报名女主人公的角色。

七菜香想扮演女主人公这点她也有所察觉，因为剧中女主人公恋人的扮演者德永晃平不仅是校草，还是七菜香的单恋对象，恋人这一角色几乎默认由晃平扮演。

不过这个班级里还有一位绝世美少女，她就是丸美丽奈。丽奈参加了戏剧社，将来的梦想是成为演员。可以说是大家心中公认的女主人公，但万万没想到会半路杀出个程咬金。

如果投票决定的话，七菜香肯定没有胜算。班上男生十四人（原本为十五人，除去窝在家里的圣也），女生十三人，共计二十七人。其中女生或许会五五分开，但男生一定会毫无疑问地选择丽奈。七菜香不仅爱出风头，性格大大咧咧，长相也不好看，因此并不受男生欢迎。

明知没有胜算，为何还会鲁莽地报名呢。

而且由芽和亚美提前都不知道。

要是输了的话一定会很难看，自尊心颇高的七菜香即便冒着成为全班同学笑柄的风险，也要向丽奈挑战，这是由芽没有料到的。

教室里大家仍在窃窃私语。

瞄了一眼七菜香的方向，不知为何她看上去很有自信。

期望角色产生冲突的只有女主人公的角色，投票用的纸发放到大家手上，出于友情，由芽投了七菜香一票。

大家纷纷将填好的票投到驹野准备好的投票箱里，全部收集完成后，驹野开始一张一张的念出名字，由今天的值日生在黑板上用正字记录票数。

"丸美、丸美、栗竹、丸美、栗竹、栗竹、丸美……"

本以为会以丸美的压倒性胜利告终，没想到两人的票数竟意外接近。

统计结束之时，教室一下子轰动了起来。统计结果是栗竹十六票，丸美十一票。

驹野说道："女主人公的角色由栗竹七菜香扮演。"

七菜香坐在座位上，尽量不让喜悦之情表现在脸上，但作为朋友的由芽看得出来，七菜香心里一定在得意的偷笑。

再看丽奈，则是一副怅然若失的样子，同学们议论纷纷，所有人的心里都浮现出一个巨大的问号。

不过，由芽并不觉得投票前七菜香那副胸有成竹的表情是虚张声势，看来她一定是提前预测了投票结果，预估到有胜算才报名的。如果不是这样的话，她应该不会贸然报名。

可为什么呢？难道是丽奈实际上被男生讨厌了？

想不明白。

班会结束后，由芽对七菜香说了声"恭喜"，七菜香害羞地回应道："其实我也没想到真的会被选上。"

因为还要回家帮忙做副业，由芽径直回了家。

打开公寓大门的一刻，突然。

"欢迎回来，由芽！"

父亲充满活力的声音回响起来，接着便传来一阵食物的香味，来到起居室，由芽着实被眼前的景象震惊到了。

"欸、欸、欸，这是什么？"

桌上摆着寿司、涮牛肉锅、比萨、特大号草莓蛋糕。父亲喝着烧酒，满脸通红。

"这是什么啊？"

"是由芽的生日会啊，因为一直没给你过过生日，所以今天想补偿你。等着，我去把蜡烛点燃。"

父亲擦着火柴，点燃蛋糕上面的蜡烛。

"稍等一下，这些料理哪来的？你哪来的钱？"

"哦，我的画卖出去了。"

"啊？"

"将！"

父亲像玩纸牌一样将一捆钱摆成扇形，握在手中炫耀。

"我的巨作《美丽青春》卖了三十万日元。"

"真的假的？！"

据父亲所说，今天他在公园的散步道画画时，一位撑着遮阳伞，戴着墨镜的贵妇驻足在他面前，一眼相中了《美丽青春》这幅画，并立即决定用现金三十万日元买下。

"骗人的吧，太难以置信了，那种废纸竟然能卖三十万日元。"

"别小看人啊，懂行的人还是可以看出其中的价值的。那是一位非常漂亮、高贵的妇人，一定是出生于哪家名门望族，受过良好教育的名媛。所以说还是有人懂我的画的。"

由芽还是无法理解，一个脸色憔悴的少年被海风吹拂着，凝视着阴沉的海面，让人不禁怀疑他下一刻就会跳海自杀，连看的人也陷入忧郁。这样的画作真的值三十万日元吗？

由芽盘腿坐下，将手伸向金枪鱼寿司。

"好好吃！"

好吃到快哭了，已经有好久没吃过寿司了，一直以来不是面包边就是油炸食品，因为过于感动眼泪溢出眼眶。

"但即使有钱了，也不能这么奢侈啊。"

抢过父亲手中的纸币，数了一下，本应有三十张的，但只剩二十六张，仅一天就花掉了四万日元。

"剩下的全部没收。"

"别啊，至少留一半给我当零花钱。"

"不行，仗着房东人好，拖欠人家的房租已经有半年多了。"

"那五万！"

"不行。"

"三万！"

"说了不行就是不行。"

父亲仍然不肯罢休将手伸向纸币，由芽抓住父亲的胳膊，一个过肩摔，就将父亲撂倒在榻榻米上。

"听说叔叔的画卖出去了。"

还是教室阳台的老地方，由芽和七菜香、亚美闲聊着。

"是吗，"亚美问道，"卖了多少钱啊？"

"三十万日元。"

"咦！"亚美惊讶地抬高声音，"就那种画吗？……啊，对不起。"

"没关系，因为我的想法跟你一样。不过，这次是真卖出去了。"

因为实在难以置信，由芽还特意去确认了是否是假钞。

"是谁买走的？"七菜香问道。

"我虽然没见到本人，但听父亲说是位美丽而高贵的妇人。"

"嗯——"

七菜香坐在窗格上，双手抱臂。

从那件事以来，由芽对父亲的看法发生了些许改变。

父亲是个不折不扣的怪人，是无法过正常人生活的废柴。但所谓天赋，有时往往会附身在这一类人身上。毕加索和达利[1]也是，如果没有绘画才能，便只是单纯的怪人，甚至可以说是一无是处的人。

由芽虽然不懂欣赏艺术，但说不定在行家看来，父亲的画真的有三十万日元的价值也未可知。也就是说父亲并非没有才能，只是还未被发掘罢了。若真是这样，问题就简单多了，只要将画拿给行家看就可以了，比如画廊，或者去参加绘画竞赛也可以。

想是这么想，可回过头来一看还是觉得那样的画不可能有什么价值。

父亲的画线条粗糙，看起来杂乱无章，下笔大胆，虽富有震撼力，但总显得有些幼稚。尽管可以看出人物，分辨出眼睛、鼻子、嘴等部位，但合起来看就像抽象画一样。

不过换个角度来看，这些画也只有父亲能够画出，是属于父亲的独一无二的作画风格。就像投球手使出全力，扔出的时速一百六十公里的高速投球一样，直击人的内心。知道父亲的画卖出三十万日元之后，再看那些画时好像也多了些韵味。

有了临时收入，虽然也有想过买一套合身的制服，但可能是穷惯了，她还是觉得将钱花在再穿一年半就用不到的物品上很不划算。裙子虽然变得很短，但还没有到露出内裤的程度，况且就算被看到内裤，也没什么大不了。

1　达利：萨尔瓦多·达利（1904—1989），著名的西班牙画家，因其超现实主义作品而闻名。代表作有《记忆的永恒》《一条安达鲁狗》《内战的预兆》等。——译者注

这天放学后，由芽走出教室，因为有事找老师，所以向教职员办公室走去。敲了敲门刚要进去时，突然一个女人走了出来，两人差点撞上。

"啊，对不起。"由芽道歉道。

女人上身穿一件露肩的横条纹衬衫，下身搭配很凸显瘦长腿型的牛仔裤，妆容精致，涂着红色口红。本以为是老师，但就老师来说打扮似乎过于花哨，定睛一看，才认出是圣也的母亲，江藤未羽。

"啊，您好。"由芽挤出微笑鞠躬道。

未羽的表情先是有一瞬间停滞，好像没认出眼前的人是谁，之后仔细看了看脸，才反应过来是由芽。

"啊……"

未羽在圣也小学六年级时，担任过家长会的干部，而由芽是班级的代表委员，因此和未羽有过一些接触。但未羽认识的还是那个没长高之前的由芽，所以才一时没认出来吧。

"您好。"由芽再次说道。

但下一个瞬间，未羽却狠狠瞪了一眼由芽，眼神里透露出敌意。就在由芽感到害怕时，未羽板着脸一声不吭地越过由芽走远了。

由芽想，她果然在生自己的气。

实际上，圣也在家闭门不出和由芽有很大的关系。

事情要从一年前，一年级三班丸美丽奈的体操服裤子不见了的事说起。

那一天，上完体育课后，女学生们回到教室脱下体操服，换上制服。因为下节课是理科，换完后大家都移动到理科教室。上完课回到教室，丽奈拿起装体操服的袋子觉得比以往轻了不少，打开一看发现裤子不见了，便怀疑是被人偷走了。

体操服不见是在女生换完衣服到理科课程结束之间的时间段，大家开始寻找嫌疑人。

这时由芽突然想起，在大家都来到理科教室后，不知为何圣也独自出了教室，过了几分钟，上课铃声响起时，才踩着点赶回来，这中间的几分钟足够往返理科教室和教室一趟。由芽将这件事说了出来，因此嫌疑转到圣也身上。

丽奈对班上男生来说是女神一般的存在。男生当中体格最壮，有点像痞子一样的男生说道："圣也，是你偷了丽奈的体操服吧？"

"不，我没有。"

"那你为什么一个人出了理科教室？"

"我去拿铅笔盒了。"

"别撒谎了，就是你偷的！"

那个男生大概是想在丽奈面前表现一番吧，他抓住体型比他小一圈的圣也的领口，按在墙上，逼圣也说出真相，可圣也一直不承认。

"那就让我们检查一下吧。"不知是谁这样说道。圣也的书包以及课桌抽屉都被翻出来，但什么也没有。这时一名男生乘势起哄道："该不会藏在内裤里了吧？"其他男生也帮腔道"脱掉，脱掉"。于是几个男生一同钳制住圣也，脱掉了他的衣服还有内裤，还拍了照片。在女生面前被脱光的圣也哭了。

最终，大家还是没能找到丽奈的体操服。第二天，在和丽奈一起换衣服的朋友的包中发现了丽奈丢失的裤子，是丽奈自己不小心装到了朋友的包里。

圣也的嫌疑虽然洗清了，但心里的伤痕并没有愈合，从第二天开始便不再来学校了。

据传言说，圣也自从闭门不出后一步也没有踏出房间。那件事是一年级的第一学期发生的，距现在已经过去了一年多。

脱光圣也的是男生们，由芽并没有动手，但最初指出圣也嫌疑的却是由芽，因此她也觉得心里有些过意不去。事件的经过想必未羽已经知道了，所以说未羽怨恨由芽也是没办法的事，从未羽刚才的表情也可以看出，她一定在恨着自己。

未羽快步离开。

作为母亲，有一个家里蹲的孩子是很辛苦的，需要经常找班主任老师及校园心理咨询师商量情况，因此来学校的频率也会增多，而且高中怎么办也是一个问题。

突然想到，驹野和未羽两人在搞婚外恋，因为期中考试完全忘了这回事。如果是在和班主任老师商量儿子的事情时慢慢发展成了那种关系，那也可以说是由芽间接造成的。

从教职员办公室出来后，想着直接回家的由芽走向鞋柜。

将室内穿的鞋子脱下放入鞋柜，取出替换的鞋子时，有什么东西掉了下来。

"嗯，这是什么？"

是一个信封，想到可能是情书，由芽的心脏止不住加速跳动。信封上什么都没写，也没有封缄，打开一看，里面是五张照片。

一张一张地翻看。

第一张，照片里的父亲正站在某家超市的零食货架前，看起来像是最近拍的。

第二张，父亲走近货架，神色看上去有些鬼鬼祟祟。

第三张，父亲伸出手，从货架上拿了一盒巧克力。

"啊！"

看到第四张，由芽不由地发出声音，父亲偷偷地将巧克力放入了自己的背包。

第五张则是父亲离去的场景。

"这是在偷东西……"

照片记录了父亲偷窃超市商品的决定性瞬间，想必是用视频或连拍功能拍摄的。信封里只有这五张照片，没有信纸，信封上既没有写寄信人也没有写收信人，是再普通不过的无色信封。

"到底是谁，为什么要做这种事？"

对于寄信人，由芽完全没有头绪，但父亲确实是偷东西了。

由芽用最快的速度回到家中，打开玄关大门，废柴老爹和往常一样，将副业丢到一旁，睡得正香。由芽照旧把脚踩在父亲脸上将他叫醒。

"喂，给我起来，你这个废柴老爹！"

父亲被脚掌堵住口鼻，费力挣扎着。

"唔唔……啊，欢迎回来，由芽。"

"什么欢迎回来，你这个小偷！你自己看吧。"

将照片丢给父亲，父亲蠕动着坐起身，捡起照片，一瞬间便清醒了，脸色逐渐发青。

"这是什么？究竟是怎么回事？"

"啊，不是，这个，怎么说呢……"

父亲自觉地挺直腰背跪坐，就像在指定场所之外的地方撒了尿的小狗接受主人训斥一样，不敢直视由芽。一看父亲的表情，由芽就全都明白了，父亲的确偷东西了。

"到底怎么回事？你真的偷东西了？"

"不是，那个……"

"我问你有没有偷过东西，用是或否回答我。"

"……是。"

"从什么时候开始？"

"嗯，第一次应该是小学二年级吧。"

"我没有问你小时候的事，照片上的这个是什么时候？"

"大概是昨天，傍晚左右，在尼川超市。"

"你知道是谁拍了这些照片吗？"

"不知道，我一点也没发现。"

"你经常做这样的事吗？"

"只是偶尔啦，偶尔。我也没有转卖，只是拿来自己吃的。"

"那也不行的吧？"

"是，你说得对。"

"我要你保证以后绝对不会再偷东西，若是再犯，我就把这些照片交给警察，知道了吗？"

"知道了，我保证以后不会了，对不起，原谅我吧。"

父亲跪在地上，低头认错。

"你除了偷东西应该没有其他罪行了吧？"

"没有，没有，只有偷东西而已。"

"那三十万日元真的是卖画的钱吗？不会是你趁别人不在家入室盗窃来的吧。"

"是真的，那三十万日元真的是卖画的钱，你一定要相信我！"

实际上，由芽在去学校的时间，父亲具体在哪里做些什么她并不清楚。虽然是个一无是处的人，但由芽一直以为父亲不会做出那种伤害他人，或者触犯法律的事，可貌似是她想错了。

不过先不说这个，到底是谁拍了这些照片，目的又是什么呢？

是偶然间看到父亲在偷东西，才拍下的吗？但拍照片的人既没有报警，也没有告知超市人员，更没有上传到网上，只是给了由芽。难道是出于善意的忠告，意在让父亲被警察抓住之前停止这种行为。不过万幸的是那人对由芽他们似乎没有什么恶意。

父亲还跪在地上继续道歉。

从父亲偷东西那件事之后，又过去了四天。

教室里，大家正在排练表演剧目《七夕之恋》。

丽奈最终被分配到女仆的角色，本人一脸不情愿的样子，排练起来也提不起劲。晃平也一样，不知是不是因为七菜香扮演女主人公的关系，总感觉有些敷衍。只有七菜香一人铆足了劲，徒劳地全身心投入表演。

在其他人排练之时，负责小道具的由芽和亚美在一旁给硬纸板箱涂上绿色油漆，制作草丛。

但由芽的心思根本不在这里，她还在想父亲的事。

自那天以来没有任何消息，由芽还是不知道是谁拍了那些照片。既然没有下一步动作，是否可以理解为那人其实并没有别的意思，只是在偶然间拍到了父亲偷东西的画面，觉得交给警察有些于心不安，为了以示忠告才将照片交给由芽，希望父亲停止此种行为，也是出于一番好意。

排练仍在继续，大家都穿着正式上台时的衣服，按照正式表演流程进行彩排。

顺带一提，关于演出服装，要不自己掏钱买，要不自己动手做，小道具的费用虽然由学校承担，但服装需要自己准备，这是学校的规定。而由芽选择小道具担当的理由正是因为她没有钱准备服装。

彩排到了高潮阶段。

即七菜香和晃平接吻的场景，在宴会中途晃平突然现身，带着身穿礼服的七菜香一起私奔。晃平将七菜香抱在怀中，印下誓约之吻。

虽然不是真正的吻，但两人的面部会非常靠近。

七菜香穿着一袭粉色礼服出现在教室。

"哇啊！"

由芽不由得发出感叹，在出来的那一瞬间，七菜香看上去就像真的公主一样。

那是一件犹如婚纱一般的粉色礼服，漂亮极了。再看身边的人，晃平只是借了父亲的西装充当晚礼服，其他人也都大同小异，穿着就像参加化装舞会的服装。只有七菜香准备了真正的礼服。

"亚美，七菜香穿的那件衣服，是怎么回事？"

"听说是她买的。"

"不是吧，那得多少钱啊？"

"虽然没有到十万日元，但好像也差不多。"

"七菜香哪来那么多钱？"

七菜香家虽然比由芽宽裕一点，但也称不上富裕，就是住在集中住宅区的普通工薪家庭。

"这我就不知道了。"亚美歪头说道，"不过感觉她最近很阔绰，好像还说要换部新手机。"

"为何会突然……不会是中奖了吧？"

"不知道。"

彩排结束后。

由芽、亚美、七菜香三人决定一同回家，七菜香将礼服折好，装进手提箱，因为是很贵重的东西，因此每次都要带回家。

"啊，好累。"七菜香说道，"亚美，我最后那句台词，怎么样啊？"

"嗯，很好哦。"

"要将感情融入台词当中，真的好难啊，但是如果最后一句台词说不好的话，整个剧就垮了。"

七菜香完全把自己当成了女演员。但平心而论，七菜香的演技并不好，虽然很有气势，可情感的表达很单一，只会用大声吵嚷来表达感情的起伏，这也是最致命的缺点。与晃平及丽奈相比，完全就是个门外汉，可是本人好像并没有意识到自己在拖后腿这点。

三人一同走到鞋柜处，脱下室内穿的鞋子，取出替换用的鞋子时，有什么东西掉下来了，是一个信封。

以为又是父亲偷东西的照片，由芽战战兢兢地打开信封。

和上次不一样，这次的信封显得更高级一点，但还是没有写收信人，封口用封缄封着，由芽打开信封。

里面不是照片，而是手写的信纸。

很抱歉，贸然给你写信。我有话想对由芽同学说。今天晚上八点，我在学校后山的尼川神社等你，不见不散。

德永晃平

"情……情书？"由芽不由得惊讶道。

"什么？"

站在旁边的七菜香伸过手来，一把夺走信纸。

"啊，还给我！"

由芽试图夺回来，但七菜香背过去用身体挡住她，亚美也凑上去看了起来。

"为什么……晃平会给由芽写信？"七菜香的声音颤抖着。

七菜香暗恋晃平的事由芽也知道，七菜香的表情由震惊转为愤怒，她抬眼瞪向由芽。

"快还给我啦，真是的。"

由芽夺过信纸，气氛变得很尴尬。

"你要去吗？"七菜香问道。

"……嗯，不……要怎么办好呢，啊哈哈。"

只好笑着掩饰过去，但可能正是这种态度触怒了七菜香，她伸出双手，朝由芽的胸口用力推了一把。

由芽被推得向后倒，背部撞上鞋柜。

"住手！"亚美阻止道。

怒气未消的七菜香狠狠瞪了由芽一会儿，才转过身，一个人生气地走出玄关。

"由芽，没事吧？"亚美问道。

"嗯，没事。"

"亚美，回家了！"七菜香在玄关外大声说道，言外之意好像在叫亚美不要和那种人说话。

亚美被夹在两人中间，有些不知所措。由芽用眼神示意她先走，亚美点了点头。

"那明天见。"

亚美说完，便去追七菜香了。

晚上七点半，由芽在自己家中。

父亲还没回来，大概又到繁华街喝酒去了。

由芽吃完泡面，正在啃着面包边。

夜晚的凉风从打开的窗户中吹进来，由芽坐在窗边，倚着墙壁，一遍又一遍地读着信。

不论怎么看，这封信都是情书。

由芽虽算不上是美女，但凭借英气的五官和瘦长的身材，经常有人说她像模特。就算如此，由芽怎么也没想过晃平竟然会喜欢她。虽然没怎么和晃平说过话，但毕竟是学校的校草，说不在意是骗人的，可由芽从没想过将他视为恋爱对象。

简直像做梦一样，让由芽不禁怀疑这封情书的真实性。会不会是有人在整她，想等她上钩后再嘲笑她一番，班上会做这种事的人最有可能就是七菜香，不过从她今天的反应来看绝对不是她。可除了七菜香由芽想不出其他会做这种事的人。

而且字迹也很像晃平，晃平的字像女性写的一样非常工整，应该不会错。

尼川神社位于学校的后山，神社前有一段大约三十级的台阶，田径部经常将这里当作训练场所，一般晚上八点之后，神社内就没有人了。关于这个神社还有一个传说，就是在这里表白的话恋情就会成真。换言之，这里是表白的绝佳地点。

由芽两手抱膝坐在窗边，反复阅读那几句话。

"那是什么啊？"

突然，身后传来声音，站在外边的父亲透过开着的窗户往里窥探。

"啊！"

"尼川神社晚上八点，这都什么啊？情书吗？"

"不要偷看好吗，你不是去喝酒了吗？"

"是，但没遇到熟人，所以就回来了。"

父亲脱掉鞋子，打开纱窗从窗户钻进来。

"我说，你要进的话从门里进来啊。"

"那封信是什么？"

父亲看上去有些生气，还是第一次见到他的这种表情。

"和爸爸没关系吧？"

"有关系，我不同意你交男朋友，你还是中学生呢！"

"我才不要听过了四十岁还没有正式工作的大叔唠叨呢。"

"不行，再说了大晚上把上中学的女孩子叫出去的男人，肯定不是什么好东西，我绝对不让你去！"

要是再不出门的话，就赶不上八点的碰面时间了。

"让开。"

"我不让，你不能去！"

父亲堵在玄关前，由芽想从一旁通过，但父亲就像橄榄球防守选手一样移动到旁边挡住由芽的去路。

"让开。"

"不让。"

"我说让开！"

"不让，你执意要出门的话，就从我身上踏过去！"

"是吗，那我就不客气了。"

由芽背过身，利用旋转的力量朝着父亲面部一记回旋踢，正中下巴，被踢飞的父亲翻着白眼晕了过去。姑且确认了一下，还有呼吸。

"还活着，好，可以出门了。"

虽然讨厌使用暴力，但不知为何对父亲动起手来却丝毫感受不到良心的谴责。

由芽出了家门，朝神社走去。

晚上七点五十分，由芽爬上三十级台阶后到达尼川神社。

在晚上来这里还是第一次，比想象中还要昏暗。屋外只有一盏灯，照亮着神社，但周围几乎什么也看不见。

晃平还没到，由芽站在神社旁的一棵树下等待。

心脏扑通扑通地跳个不停。

看着台阶的方向，要来到这座神社只能通过这处台阶，由于神社位于山峰最高处，要爬到这里坡度太陡，加上周围郁郁葱葱的树木起到栅栏的作用，因此除了这段台阶没有其他途径。

也就是说，晃平马上就会从那里现身了。

由芽不由得在脑海中想象着，王子从台阶一级一级走上来，看到自己后露出微笑的样子。

由芽交替看着手表和台阶，五十一分、五十二分……

感觉时间的流逝都变慢了，只有心脏却跳得越来越快。

手表分针指向七点五十四分时。

突然，她发觉身后好像有人，正要回过头去看，一下子被人用手臂勒住了脖子，那感觉就像被蛇缠住了一样。

后面的人更加用力勒住她的喉咙。

那人手上带着皮手套，虽穿着长袖衣服，但手腕正好露出了一小截，由芽反射性地张口咬去。

"呃啊！"对方发出呻吟声。

牙齿咬进肉中，抓住对方稍有松懈的一刻，由芽试图挣脱手臂的钳制，可在下一个瞬间，眼前的东西让她变得浑身僵硬。

是一把刀。

锋利的刀尖直指眼球，由芽吓得一动也不敢动，只能任由那人勒着脖子，不敢反抗。

对方左手拿刀指着由芽，右手勒住她的脖子。

"别动！"

身后的人说道，那声音并不是人直接发出的声音，而是经过变声器等处理的机械一般的声音。或许身后的人根本就没有说话，只是将提前录好的录音播放出来也说不定。那声音继续说道："不要太得意忘形了，像你这种黄毛丫头，落到我们组织手里的话，随时都可以叫你性命不保。这只是一个小小的警告，绝没有第二次。"

说完，犯人拿开手中的刀，抓住由芽的肩膀，狠狠推了一把，由芽撞到旁边的树，倒在地上。之后那人便从台阶跑走了。

由于光线太暗，只能看见一个模糊的影子，那人跑下台阶，消失在黑暗当中，脚步声也一点点远去，直到完全听不见。

"这、这到底是什……什么啊……"

由芽靠在树上，一时无法动弹。

突然被人用刀威胁了。落在组织手里的话，警告，完全不懂什么意思。

但有一点很清楚，就是那封情书是个陷阱，信并不是晃平写的，只是为了叫由芽出来的幌子。可是由芽为何会遭到威胁呢，会不会是弄错了？不过信纸上明明白白地写着"由芽"的名字，所以那人要找的人就是由芽。

由芽坐在树下直至完全平静下来。

身体还在发抖，但大脑可以正常运转。她已经不想待在这种地方了，好想赶快回到可以安心的地方。

"……总之先回家吧。"

由芽站起身，向台阶的方向走去，走到台阶前，她停住脚步，小心地往下看了看。

没有人在，那人应该已经离去了。

快点回家吧，她这么想着。但就在她下了一级台阶之时……

"喂！"

背后突然传来声音，声线听上去很粗哑。

由芽吓了一跳，停在第一级台阶上，正要回头看的瞬间。

有什么东西朝她面部袭来，是石头。

身体本能地做出躲避反应，但没能完全躲开。

石头擦过太阳穴，她一下子失去了平衡，膝盖一软，从台阶上跌落。

由于擦到太阳穴的关系，视野变得扭曲，半规管急剧摇晃，完全无法分辨方位，又往下滚了几级后才停了下来。

紧接着由芽的上方出现一个身影，手中拿着石头，高高举起，然后落下。

由芽闭上眼，头部受到剧烈打击，意识逐渐远去——

2

由芽睁开眼时，发现自己坐在一张坚硬的椅子上。

好像要和椅背保持平行一样，脊背挺得笔直，两手放在膝盖上，就像在受训室接受训诫一样。

纯白的房间。

墙壁、地板和天花板全都是如珍珠一般透亮的白色，被柔和的光线包围着，像极了在电视上看过的高级理疗的房间。此外，还有种很独特的飘浮感，就像身处云端之上，用云朵制造的房间一般。

空气也让人感觉很舒服，像是以前远足去过的高尾山[1]的山顶一样。

1　高尾山：位于东京近郊的观光胜地，距东京都中心50千米左右。海拔599米，自然、人文景观丰富，且从东京前往交通便利，是知名旅游景点。——译者注

眼前是一个年轻的女孩。

坐在皮质的旋转椅上，面朝桌子写着什么。虽然看不到正脸，但仅从背影就可以看出一定是位美女。柔顺有光泽的黑色短发，富有弹性的雪白肌肤，从极具透明感的脖颈延伸出的肩部线条，一切的轮廓都堪称完美，犹如神作，让人不禁忘记呼吸。

"头发，要不要留长呢？"

女孩摸了摸刘海，嘴里嘟囔道。

边吹着口哨，身体边配合着节奏摇摆。接着放下笔，在纸上用力地按下印章，将纸张投进标有"完成"的文件夹中。

"差不多就这样吧，如果犹豫的话就选地狱。今天也不用加班，赶快做完了事吧。"

犹如歌剧演员一般张弛有度的声音，音色有些像钢琴的高音部分，还有点像猫咪的叫声。

女孩转过头。

果然美得惊为天人，眼神对上的一刻，甚至忘记了呼吸，深深被她的美貌吸引。

像宝石一样大而水灵的眼睛，高挺的鼻梁，完美的下颌曲线。五官不仅美型，还有着像日本刀一般的凌厉感。被那双瞳孔注视着，会让人不由得脊背发凉，美丽的同时蕴藏着压迫感，二者和谐共存。世间竟然有这般存在，即使用奇迹来形容也毫不为过。

由芽至今见过的女生中最漂亮的就是丸美丽奈，但和眼前的人相比，简直无法相提并论。

年龄像是十五岁到二十岁之间的样子。虽然长着一张娃娃脸，身上却有种阅尽人间烟火的威严，让人感觉不能单纯地以年龄来划分。

上身穿一件印有花纹的蓝色露肩上衣，下身是一件略带透明感的黄色迷你裙，纤细的长腿下穿一双橙色的厚底运动鞋，左耳上戴着一只泪滴形状的耳环。每一件单品都极具个性，但女孩却凭借其独特的穿衣品位，将它们很好地搭配在一起。乍看上去似乎有些标新立异，实则经过了细致的考量，但凡调整一分一毫都会破坏这种平衡。

不过，最引人注目的还要属那件披在她身上的红色披风，对于女孩来说那件披风不仅太大，其赤红的颜色还不由得让人联想到鲜血。那颜色刺激着视觉神经，给人以强烈的不祥感。虽然归类于红色，但却是一种很特殊的红色，让人想给它起个其他的名字加以区别，比如毒物红（poison red）。

"欢迎来到阎魔堂，向井由芽对吗？"

"啊，是的，你好。"

女孩看向她手中的平板电脑。

"才上中学二年级啊，不过就这个年龄来说，长得可真够高的。"

哦哦，女孩颔首道。

"你的父亲是向井铁矢，母亲知歌里。父亲是个不知名的画家，实际上的无业游民，靠母亲工作养活一家人。母亲从事看护工作，劳动量大，工资却很少，丈夫既不工作，也不做家务，更不管孩子。女儿十分好动，经常哭闹，还会顶嘴，总之是个一点也不省心的孩子。即使这样，你母亲还是坚持了十多年，终于长期以来积蓄的疲劳和耐力达到极限，患上神经衰弱离家出走。此后，你便和父亲两人过着贫寒的生活。"

"是啊，穷得叮当响，简直就是日本社会的最底层。"

"先不说你父亲，对于母亲抛下女儿离家出走一事，你受到不小的打击。但从结果上看，这种严酷的现实反而让你变得坚强起来，因为父亲指望不上，所以只能靠自己，这种意识驱动着你。因为没有钱，头发从来都是自己剪，即使身高长高，也买不了新制服，硬是穿着像紧身衣一样的水手服。袜子破了就自己缝一缝，鞋子开了洞就拿胶布粘上。虽然没钱上补习学校，也买不起辅导书，但依旧靠学校发的教材努力学习，保持着中上游的成绩。"

"嗯，还好，勉强度日吧。"

"不以贫穷为借口，尽自己最大的努力生活，虽然才上中学二年级，却有一颗坚强的内心。向井由芽，没有错吧？"

"是的。"

"原来如此。"

女孩看着平板电脑，嘟起嘴，一脸沉思的样子。

现在才发现，不知为何身体动不了。

"哎，为什么我动不了？"

而且何止是动不了，身体一点感觉都没有，可以动的只有脖子以上的部分，除了看、听、说这三个动作，其他什么都做不了。

"请问，这里是哪里啊，你又是谁？"

"这里是阎魔堂，我叫沙罗，是阎魔大王的女儿。"

"sha luo？"

"三点水右边一个少的沙，恶鬼罗刹的罗。"

"沙罗，你刚才说的阎魔，是指地狱的那个阎魔大王吗？"

"是的。"

"嗯，这是那种设定的角色扮演还是什么吗？"

"不是设定，阎魔大王并不是人类的空想，而是实际存在的——"

沙罗解释道。

据沙罗所说，人死后肉体和灵魂分离，灵魂会来到灵界，而阎魔堂正是灵界的入口，在这里死者会接受对自己生前行为的审判，决定是去往天堂或是地狱。

原本在这里的人应该是沙罗的父亲阎魔大王，但今天因为有一场非常想看的棒球转播赛，因此无故缺勤，只好由沙罗来代班。

沙罗的解释简明易懂，只说一次就可以理解。

由芽听明白了，也就是说她已经死了。可她一点也没有实感，而且也想不起来自己为何会死。

"也就是说我已经死了对吗？"

"就是这样，你能理解再好不过。"

"但我是怎么死的呢？完全想不起来……"

"嗯，是击打致死。"

"击打？"

"是的，在尼川神社，被石头击打头部。"

"……啊。"

死亡瞬间的记忆闪过脑海，她全都想起来了。

有人突然从背后勒住自己的脖子，拿刀威胁自己，之后威胁者离开了。就在她打算回家，下到第一级台阶时，背后传来"喂"的一声，回过头，一块石头袭来，没能躲过攻击，石头直接擦到太阳穴，不小心跌落台阶，石头再次袭来。记忆到此为止。

"喂！"

从背后传来的那一声。

虽然听上去像男性的声音，但也可能是女性为了伪装成男性故意压低声音发出的。为了不让人听出来，还故意调整了音色。

因为事发突然，而且周围又很黑，犯人的长相和体型都没看清楚。在她回头的瞬间就被袭击了，不过凶器是石头这一点毫无疑问，比垒球稍大一些，就是路边随处可见的普通石头。

完全不明所以，自己为何会被人杀害。

"请问，凶手是谁啊？为什么要杀我呢？"

沙罗盯着平板电脑，对由芽的疑问视而不见。

"那个，你有听到吗？我为什么——"

"我不能回答你。"

"啊，为什么？"

"这是灵界的规定，死者生前不知道的事是不可以告诉本人的。而且就算知道了，也无法改变什么。"

"怎么这样……但沙罗你知道犯人是谁对吗？"

"那当然，阎魔什么都知道。"

沙罗打断提问。

"那么我宣布审判结果了。虽然只有十三岁，既没有恋爱，也没有工作经历，因此也没有遇到过考验自己真正价值的事件，所以无法做出评价。不过，生在贫寒的家庭，却没有屈服于环境，积极面对生活，这点还是值得嘉奖的。即使面对不是自己造成的苦难，也毫不退缩勇往直前，这才是体现人真正价值的地方。胜负并不重要，关键是不去逃避，迎难而上，在别人看不到的地方默默付出努力，这个过程才是最重要的。"

"……"

"死者是未成年人时，只要没有犯什么滔天大罪，一般都会让其上天堂，这是灵界的惯例，再说在人生还未真正开始前就结束生命本来就挺可怜了。天堂可是个好地方，你的这一世虽然只活了十三岁便画上句号，但大概等半年左右就可以进入轮回转世，而且多半会出生在比这次富裕些的家庭，所以安心地在天堂等待转世重生吧。"

不知何时，墙壁上出现了一道门。

"那么，请吧，打开那扇门就会看到通往天堂的台阶，走上台阶后——"

"先等一下，请告诉我是谁杀了我？"

"我不能告诉你。"

"为什么我会被杀掉呢？"

"你的心情我理解，但是我刚才也说了，灵界有规定不能告诉死者，要是说了我就会受到惩罚。"

"是这样吗？"

"是的，所以请去天堂吧。"

"但是……"

"天堂是个很舒适的地方，不用学习，也不用工作，没有学校和公司，也没有考试和任务量。既不会发生意外事故和犯罪，也不用担心饿肚子和生病，大家都没有烦恼，也不会有自卑感。转生到下一世时，我会让你托生在家境富裕的知识分子家庭，而不是那种废柴大叔的家庭，所以——"

"不要。"由芽吼道，"啊，对不起，只是请不要那么说我父亲。即便是那样，好歹也是我的父亲，虽然很废柴，但他也有在用自己的方式努力养育我。"

母亲离家出走后，父亲开始做兼职，还会到面包店要来不要的面包边，到居酒屋把吃剩下的食物带回来。虽然和其他父亲的方式不一样，但他也在尽自己所能不让由芽饿肚子。

"哦！"沙罗发出赞叹般的声音。

"请问，可以让我复活吗？"

"什么？"

"虽然我也很在意凶手，但我实在放心不下父亲。那个人真的一无是处，是个无药可救的废柴，既不工作，又邋遢，还偷东西。可是，要是没有人在他身边的话，他一个人一定会寂寞得要死。正是因为这样，母亲才没有把我带走，她一定是想让我留下来陪着父亲。要不是这样的话，那个人一定活不下去。”

“嗯——”

“拜托你了，请让我复活吧，父亲没有我在身边是不行的，而且我不在了的话，母亲也不会回来。”

“没想到你还挺温柔的，看你平常毫不在意地踩踏父亲的脸，原来心里是这样想的。不过，我也有一个空前绝后、超级无敌的垃圾老爹，可以说和你同病相怜吧，同样作为因父亲吃了不少苦的可怜的女儿，也不是不能理解你的心情。”

沙罗斜眼看着由芽。

因为长相太美让人感觉难以接近，加上她锐利的眼神和逻辑清晰的说话方式，会给人留下可怕的印象，可稍加接触便会发现那眼神深处其实蕴含着温度。

“这样啊。”沙罗嘟起嘴唇，“不过，也不能轻易地破例。”

沙罗跷起一条腿，手撑着下巴。

“那这样吧，我来考验一下你。”

“考验？”

“刚才也说过了，你生前不知道的事我不可以告诉你，这是绝对不能改变的规则。但是，你可以自己推理出真相。你是被谁杀害的——若是你能通过推理解开这个谜题，我就如你所愿让你复活。”

“自己通过推理解开谜题吗？”

“是的。”

“但我什么也不知道啊，也没看到凶手的长相。”

"并不是这样，实际上利用你现在脑海中所掌握的信息，就可以推理出真相。"

"真的吗？"

"不然的话就有失公平了，就叫作'死者复活·解谜推理游戏'如何。怎么样，你要接受吗？"

"稍等一下，请让我考虑考虑。"

若沙罗所言是真的话，由芽在死亡的节点，凭借脑海中已知的信息便可以解开谜题。就像拼图一样，只要将每一片零散的信息正确组合起来的话，就可以推导出犯人及其作案动机。但是，在现阶段由芽还一头雾水。

"凭借我现在已知的信息真的可以推理出真相吗？"

"没错，不需要什么专业知识，只要有推理能力就可以。"

"但是，我从来没读过推理小说。"

"这点也没有问题，本次事件并没有什么奇特的作案方法，即便是读了很多推理小说，熟知一些近乎不可能犯罪的作案技巧，在这次事件中也完全没有用武之地。所以我才说不需要什么专业知识，要考验的，是你真正意义上头脑的聪明程度。"

"真正意义上头脑的聪明程度？"

"这和学校的成绩无关，所谓的聪明并不是指可以记住英语单词或历史年号的记忆力，也不是按照学校灌输的标准方法进行作答的考试技巧。真正的聪明是指，发现看似无关的事情之间存在的联系的能力，也就是能不能将点与点连成一条线。在看似毫无关系的点与点之间发现其内在的因果联系，用一条线将其贯穿并找到意义所在，这需要一个人有灵活的抽象性思维能力。如有具备这一点的话，即使是小学生也可以解开，如果不具备的话大人也束手无策，这无关乎学历及年龄，就看你有没有这个头脑，这就是我要考验你的地方。"

"……"

"这是一次测试，对于一个并没有什么可取之处的小女孩，不能只是因为有点可怜，就让你无条件复活。想让我这么做的话，就得拿出相应的依据，让阎魔产生'让这家伙回到现世一定很有趣'的想法。这个游戏测试的就是你有没有这个价值。因为我也很忙，所以时间限制为十分钟。不过你也要承担一定的风险，如果你没有解开谜题的话，作为浪费阎魔宝贵时间的惩罚，我会将你打下地狱。"

"……地狱。"

"要不要接受这场游戏全凭你自己决定，如果没有信心的话现在就可以去天堂。忘了那个废柴父亲的事吧，去天堂的话你会忘记向井由芽这个名字还有所有生前的记忆，转生为完全不同的人格。"

由芽试问自己的内心。

自己有没有复活的价值，有没有突破这场考验的能力？

不知道，自己也不知道，但是……

"凭我现在掌握的信息真的可以推出真相是吗？"

"是的。"

"也就是需要我给出可以明确断定谁是犯人的证据对吗？"

"没错，不过这里不是法庭，可以没有物证，只要有充足的论据能够说服我就可以了。"

不想就这样死去，不想留下父亲和母亲，一个人先走。

更何况，自己还没有好好享受人生，就这样不明不白的死去，她不甘心。

即便要背上下地狱的风险，由芽也想赌一把。

"考虑好了吗，你要接受吗？"沙罗问道。

"我接受。"

"开始！"

沙罗从座位上站起来，打开冰箱，取出一枚煮鸡蛋，一眨眼的工夫就剥干净了，然后撒上盐，整个放入口中，几乎没怎么咀嚼就咽下去了。接着脱下披风，简单地拉伸了一下筋骨。

之后拿起立在墙边的木制球棒，双手紧握摆好姿势，用和一朗[1]非常相像的钟摆式打法[2]向右挥棒，"咻"，空气发出撕裂般的声音。

木制球棒看上去很重的样子，但沙罗挥着一点也不费力，她的上臂虽然和模特一样纤细，但仔细观察就会发现肌肉非常紧实，关节也异常柔软，活动范围很大。简直像猫一样，那充满跃动感的挥棒姿势

---

1 一朗：铃木一朗，日本职业棒球运动员，1973年出生于日本爱知县，原效力于美国职棒大联盟西雅图马林鱼队，曾创下连续7年都取得打击王的日本纪录。——译者注

2 钟摆式打法：击球时抬起一只脚，用力挥棒的打法，因抬脚的样子很像钟摆，故而得名。——译者注

是人类很难做到的，或许身体构造本来就和人类有所不同吧。

　　沙罗是个很不可思议的人，充满神秘感，让人捉摸不透。乍看上去有些冷酷，缺乏人情味，但实际上也有温柔的一面，富有包容力。具备多面性，若要比喻的话就是彩虹，耀眼夺目、绚烂多彩，只是看着便会心情愉悦。带着一股偶像气质，让人不由得想要记录在照片里。

　　感觉自己的内心全部被看穿一样，在沙罗面前完全撒不了谎。

　　由芽还是第一次遇到沙罗这样的人，有着奇迹般可爱面容的同时，也叫人不胜惶恐。一方面对其抱有憧憬，想要成为那样的人，可又觉得难以接近。

　　但现在不是想这些的时候，必须集中精力推理。

　　杀掉由芽的犯人是谁？

　　凭第一感觉，什么也想不出来。

　　总之先梳理一遍那天发生的事。那天上完课放学后，班级进行了表演剧目的彩排，结束后打算回家时，在鞋柜发现了晃平的信。结果惹怒了暗恋晃平的七菜香，由芽被推飞。

　　回到家中，不顾父亲的阻止，前往神社赴约。突然，有人从背后袭击，之后拿刀威胁，暂时称之为"威胁者A"。A离开神社，由芽打算回家，下到第一级台阶时，被人从背后叫住，回头，石头飞来，没能躲过，打中太阳穴从台阶跌落，凶手X拿着石头再次袭来，失去意识。

　　不管是威胁者A，还是凶手X，都没有看到脸，也毫无头绪。

　　但是据沙罗所说，依据现在掌握的信息就可以推理出真相，这是一条很大的线索。只要加以合理的思考论证就可以找出犯人，换句话说，这次事件并不是无从推理的不合理杀人。凶手不是与她毫无关联的歹徒或是单纯追求快感的变态杀人者，而是有切实动机的人。

只是由芽一直以来没有察觉罢了。

凶手并非由芽不认识的人，而是脸和名字她都知道的人。由芽的交际圈并不大，凶手一定是她近在身旁的人。

有一点可以确定的是，威胁者A和凶手X不是同一个人。A在威胁完由芽后，从台阶离去了，那之后要出现在由芽身后是不可能的事，因为通往神社的路径只有台阶一条。

先锁定嫌疑人。

凶手有着明确的杀掉由芽的动机，如此一来，凶手必定是知道由芽会去神社的人。

知道那封信的人有七菜香、亚美和父亲，另外就是寄出这封信将由芽引到神社的人。

寄信人并非晃平这点已经很明确了，那封信只是为了引诱由芽出来的陷阱，想必是因为那座神社在太阳落山后很少有人，所以才被选为作案地点。从这点也可以推测出，凶手果然是她身边的人，也就是知道由芽对晃平怀有好感，接到晃平的邀请一定会赴约的人。有可能是同班同学，至少是知道班级内部情况的人物。

那动机又是什么呢？一般来说，杀人的动机无非是仇恨或金钱。可就由芽的情况来说，肯定不是为了钱，只有可能是出于仇恨，又或许是因为由芽知道了什么不该知道的事。

　　由芽试着想了一下，但她想不出什么遭人记恨的理由，也不记得自己做过什么遭人记恨的事。

　　如果非要说的话，就是七菜香。难道是七菜香看到那封信，误以为晃平喜欢自己，一生气便杀了她？虽然纯粹是误解，但一般人不会因为这点事就杀人吧。

　　那父亲呢？的确她经常毫不在意地用脚踩踏父亲的脸，但她怎么也想象不出父亲是会杀掉自己女儿的人，尽管她也没想到父亲会偷东西。

　　说实话，提到怨恨，她最先想到的就是圣也和他的双亲，毕竟圣也闭门不出和她有很大关系。因为这件事遭受怨恨也无可厚非，但要说到会不会因为这件事而杀人，她自己也不清楚。

　　圣也的父亲——江藤恒男有可能吗？恒男曾被传出和黑道有往来，为了给儿子报仇，也不排除委托黑道除掉她的可能。

　　想不明白。

　　从动机出发考虑的话，感觉谁都很可疑。即便亚美也有可能记恨她，只是自己没有意识到。就算自己不觉得，对方也可能会因为你的某个言行记恨你。就和校园欺凌一样，即使实施欺凌的一方不觉得有什么，但被欺凌的一方却会记上一辈子。

　　由芽开始觉得，犯人杀害自己的动机，一定是某种自己完全没注意到的出乎意料的理由。

　　还有，威胁者A说的那番话也很让人在意。

　　——不要太得意忘形了，像你这种黄毛丫头，落到我们组织手里的话，随时都可以叫你性命不保。这只是一个小小的警告，绝没有第二次。

由芽什么时候做过得意忘形的事，她自己完全没有印象。但那番话再怎么听都像是黑道上的人会用的说法，这样看来还是恒男为了帮儿子出气，委托黑道做的可能性更高。可是，对方不过是一个普通的中学女生，有必要做到这种程度吗，可也不排除他为了儿子已丧失理性的可能。

但是，威胁者A只是威胁了一下由芽，换言之A并没有伤害她的意思。她是在A离开之后，被凶手X杀害的。

那么A和X之间有没有关系呢？

完全想不通，至此为止的推理全都是她的胡乱猜想。

"两分钟过去了，还剩八分钟。"沙罗说道。

必须更有条理地思考才行。

就像沙罗说的一样，将点与点连成线。

虽然信息都在她的脑海中，但只是作为独立的点存在，因为没有找到它们之间的关联，所以才无法找到合理的解释。要解开这个谜题，必须将散落在各处的点连成一条线，找出它们之间的因果关系，发现其意义所在。

那么首先来列举一下现阶段所掌握的点吧。

因为沙罗说根据现在掌握的信息就可以推理出真相，所以多半指的是最近发生的事。最近自己身边发生了哪些值得注意的事呢，不论多细小的事都行，不能理解的事、不可思议的事、留下印象的事、奇怪的事、至今没有遇到过的事、惊讶的事……

在由芽看来，最近发生的印象最深刻的便是父亲的事。

第一件就是父亲的画卖出三十万日元的事，即使现在也有点难以置信，不过这个信息是从父亲那听来的，也不排除父亲在撒谎的可能，或许是他入室盗窃来的也说不定。

还有一件是父亲偷东西的照片，因为本人已经承认了，所以这件事不会有假。关键在于是谁拍了那些照片并放到了由芽的鞋柜里，还有其目的何在。

对方是如何拍到这些照片的呢，是偶然撞见父亲偷东西，一时兴起拍的，还是故意跟踪，锁定这一瞬间拍摄的呢？如果是后者的话，又为什么要跟踪父亲呢？由于那之后没有任何消息，所以到现在由芽也不明白犯人想做什么。

留下印象最深的就是这两件事，其他还有什么呢？

对了，七菜香当选女主人公的角色也很叫人意外。想必大家都猜想丽奈会获胜，但投票结果却是七菜香获得十六票，也就是说男生当中也有投票给七菜香的人。

可能性有两种。一种是七菜香其实出乎意料地受男生欢迎，或者是丽奈出乎意料地不受欢迎。还有一种可能就是，为了阻止丽奈和晃平两人顺利扮演男女主人公角色，并以此为契机开始交往，喜欢晃平的女生和喜欢丽奈的男生不得已投票给了七菜香。

说到女主人公角色，七菜香买了一条接近十万日元的礼服也让由芽吃了一惊，她从哪得来那么多钱的呢？

除了这些，还有其他的吗？

对了，还有就是亚美在数学测试中拿了满分的事。虽然实际上是八十九分，但不知是不是因为驹野在打分时睡着了，将错误回答算成了对的。因为这样的事很少发生，所以由芽记得很清楚。

说起驹野，他好像在和圣也的母亲未羽搞婚外情，虽然是听七菜香说的，但因为有接吻照片所以不会有错。

如果这段关系暴露一定会引起很大骚动，而且对象还是学生家长，驹野想必会受到革职处分。再说，圣也的父亲是传言和黑社会势力有染的律师，说不准会用什么样的手段打击报复。简直就是一场拼上性命的婚外恋。

最近发生的印象深刻的事也就这些吧，但是看上去都和由芽被杀害没有什么直接关系。

另外就是事发当天收到来自晃平的信一事。她如约来到神社后，先是遭到威胁者A的威胁，之后被凶手X杀害。

由芽能想起来的就是这些了。

为了进行梳理，总之先把这些事按时间的先后顺序进行排列。

① 七菜香，拍到驹野和未羽接吻的照片。

② 亚美，在数学考试中拿到一百分。

③ 七菜香，被票选为女主人公角色。

④ 父亲，画作卖出三十万日元。

⑤ 父亲，被人拍到偷东西的照片。

⑥　七菜香，买了昂贵礼服。

⑦　收到来自晃平的信。

⑧　被威胁者A威胁。

⑨　被凶手X杀害。

接下来要做的就是将这九个点连成一条线，但是，要怎么做呢？

将点与点连成线……将点与点连成线……找出看似没有关联的点与点之间的内在联系，将其连成一条线。

"难不成……"由芽不由得发出声音。

连起来了，因为突然浮现的一个想法，点与点连成了线。

一切的事都起源于那张照片。

"也就是说，七菜香威胁驹野他们？"

"四分钟过去，还剩六分钟。"沙罗说道。

这都要从七菜香偷懒没有去补习学校上课说起，之后她偶然碰见驹野和未羽的约会场景，并拍下了两人接吻的照片。

七菜香最开始应该也没想过要怎么样，将照片给由芽和亚美看，多半也是抱着打趣的心态。但估计是当时由芽说的那番话，让七菜香起了邪念。

"那你要把照片怎么办？"由芽说道。

"什么怎么办？"七菜香反问。

"比如卖给周刊杂志什么的，圣也的父亲是有名人物吧，他妻子出轨，而且是和儿子的班主任老师，或许可以成为杂志素材也说不定。"

"要是卖给周刊杂志的话，大概能卖多少钱啊？"

"我好像听过提供素材的报酬是五万日元左右。"

"什么啊，只有那么点吗？啊，不过……"

那个时候，七菜香产生了威胁驹野和未羽的想法，比如恐吓他们说要将照片寄给教育委员会或是圣也的父亲。圣也的父亲是传言和黑社会有来往的人物，两人一定害怕得发抖了吧。

七菜香的要求是让自己扮演女主人公的角色，只要在投票箱上做点手脚就可以了，驹野应该很容易办到，因此七菜香才会在投票中胜过丽奈。这么一想的话，就都说得通了。

但是，这么做也等同于在告诉驹野七菜香就是威胁自己的人，于是七菜香又心生一计。就是将多名同学的要求都写进威胁函中，避免自己单独被锁定，所谓木隐于林，必将无之。

而其中的要求之一就是亚美的数学测试成绩，对于想以推荐考取高中的亚美来说，内申点非常重要，可亚美最不擅长的就是数学。于是七菜香便把"让亚美的数学测试成绩取得满分"这一条加了进去。驹野并不是在打分时睡着了，而是受到胁迫，不得已而为之。

另外"花三十万日元买由芽父亲的画"也是要求之一，由芽家里很穷这件事驹野也很清楚，所以提这个要求并不奇怪。驹野按照要求内容，花三十万买了一幅毫无价值的画。父亲所说的贵妇大概就是未羽吧。

或许七菜香还添加了其他一些同学的要求也说不定，只是由芽并不知晓。

顺带一提，作为可能性，亚美也有可能是威胁者，因为亚美也有驹野和未羽的接吻照片，是她让七菜香转发给她的，因此亚美也具有成为威胁者的条件。但是，若亚美是胁迫者的话，在利用不当手段使数学成绩拿到满分的时候，就不会专门提出要去订正。就连打分有错误这件事本身也不会告诉由芽才对。

因此威胁者只能是七菜香，从性格上判断也一定是这样。

这样就可以连起来了，①②③④，四个看上去没有关联的点成了一条线。

接下来发生的事情是，父亲偷东西的照片。

这一点要怎么连接呢？……原来如此。

站在驹野和未羽的立场考虑的话，事情一旦暴露，驹野将面临失业的危机，而未羽则会面临离婚的危机。更有甚者，从圣也的父亲和黑社会有来往这点来看，或许还存在性命之忧。因此两人只能选择屈服于威胁者的要求。

那之后会怎样呢，大概会发生下面的事。

七菜香在威胁函中添加了众多学生的要求，其目的是避免自己被锁定。但反过来说，从驹野两人的角度来看，他们一定会想尽办法找出威胁者。

嫌疑人是在威胁函中写有要求的七菜香、亚美、由芽及其他人。

有可能全员都是共犯，也有可能是其中一人或几人。但对方不过是普通的中学生，其中还包括像亚美这样的优等生。驹野他们大概排除了全员都是共犯的可能性，推测出威胁者一定是为了不让自己被发现，才将毫无关系的人的要求都写进来。

为了从中找出真正的威胁者，驹野他们一定下了不少功夫。问题是他们是如何锁定目标的。

没错，就是不在场证明。

驹野他们知道与威胁函一同寄来的接吻照是何时何地被拍到的，听七菜香所说，时间是周三下午八点左右。而这个时间没有不在场证明的人，就是拍摄照片的人。驹野开始在嫌疑人当中寻找这一时间没有不在场证明的人。

如果是班主任教师的话，应该能查到哪个学生上哪所补习学校。这样一来，亚美和七菜香就会被排除，因为在这个时间两人都有课（只是七菜香旷课了）。其他的学生也大部分都在上补习学校。也就是说，在这个时间没有不在场证明的，可能只有没有上补习学校的由芽一人。

于是驹野他们便以为照片是由芽拍的，并认定由芽就是威胁他们的人。

而且由芽被当作胁迫者也无可厚非，因为由芽的要求是三十万日元的现金。反观七菜香和亚美的要求，都很像小孩会提的要求，可只有由芽的要求非常实际。

那么之后他们会怎么做呢？

不用考虑，肯定是以眼还眼，以牙还牙，以威胁还以威胁。

驹野他们将目标锁定由芽，开始在她身上寻找可以成为威胁素材的把柄。可由芽平时并没有做什么坏事，所以两人一无所获。于是他们便转移目标，开始攻击由芽的弱点——她的废柴父亲。因为父亲看着就不像正经人，两人推测只要找的话，一定能找出一两件威胁用的把柄。

驹野他们跟踪了由芽的父亲，果不其然，马上就让他们找到了。两人将父亲偷东西的照片拍下来，放到了由芽的鞋柜。那是对由芽的警告，意思是既然你打算威胁我们，我们也不会坐以待毙，如果你把出轨的照片公之于众的话，我们也会将这些照片交给警察。

在驹野他们看来，既然双方都掌握了对方的把柄，这样一来就可以相互抵消，今后大家相安无事。没有附上文字信息一定是驹野以为不用特意说明对方也肯定会懂。

这样就把①②③④和⑤连起来了。

但是，因为由芽并不是威胁者，所以完全没有理会到其中的含义。而真正的威胁者七菜香却对此一无所知。

下面发生的事就是⑥七菜香，买了昂贵的礼服。

七菜香一定是食髓知味了。因为由芽把父亲的画卖出三十万日元这件事告诉了她，由此七菜香得知自己的计划成功了，并推断驹野他们能拿出相对数额的钱。恰好这时，她正想要一条在表演会上穿的礼服，于是在欲望的驱使下，她再次向驹野寄出威胁函，而这次的要求是现金。驹野他们再次屈服，满足了七菜香的要求。虽然不知道现金具体是如何交接的，但依照七菜香的性格，一定和上次一样，在自己不被锁定的情形下拿到了钱吧，然后用这些钱买了礼服。

如此一来，①②③④⑤和⑥便连起来了。

换言之，在由芽毫不知情的情况下，双方展开了威胁拉锯战。

再次回到驹野和未羽的角度。

二人拍了父亲偷东西的照片，用此威胁由芽。可因为弄错了对象，不仅没有成效，反而收到了七菜香要求现金的威胁函。于是他们以为，偷东西的照片不仅没有起到威胁的效果，由芽还像报复一样，提出了第二波要求。

想必此时他们已经忍无可忍。

于是到了事发当天。

驹野和未羽模仿晃平的笔迹写了一封假的情书。作为班主任的驹野预想，如果是校草晃平的邀约的话，由芽一定会前来赴约，并将由芽引到鲜有人来的神社。

也就是说，那时从背后勒住由芽，并持刀威胁的人是驹野。"别太得意忘形了。"这句话正是对食髓知味、行为进一步升级的七菜香说的。用变声器改变声音是为了伪装成黑社会成员。他们一定是觉得对方不过是个上中学的小女生，若是被黑社会成员拿刀威胁的话，一定会吸取教训马上停止威胁行为。

因此威胁者A是驹野。

从勒住由芽脖子的力道来看，也一定是驹野。身高超过一米七的由芽，未羽是没办法控制住的。

如此①②③④⑤⑥和⑦⑧便连起来了。

所有信息都摆在她眼前，只要她能通过种种迹象察觉到"七菜香在威胁驹野"，并展开想象思考之后会发生的事，就可以推理出来，事情也不会发展到这个地步。

不过现在说这些已经晚了。

问题在于之后发生的事，凶手X是谁？

"六分钟过去，还剩四分钟。"

推理到这里便中断了。

威胁者A是驹野，他的目的仅仅是警告一下由芽，并没有打算伤害她。实际上驹野也确实离开了神社。

不过，神社里还有一个人隐藏在暗处，那就是凶手X。X在驹野离开之后从背后靠近由芽，用石头杀死了她。

X究竟是谁？

具有嫌疑的人前面已经梳理过了，X是知道由芽会来神社的人。也就是七菜香、亚美、父亲，以及写信引她出来的驹野、未羽。其中，从"威胁者A≠凶手X"这点，可以排除驹野。

还有一种可能是，通过某种方法知晓那封假情书内容的人物，比如圣也以及圣也的父亲恒男。两人和未羽生活在同一个屋檐下，可能是在某次驹野和未羽打电话时偷听到了内容，从而知晓了本次的计划也说不定。

不过恒男可以排除，因为若是他知晓了本次的计划，也就等于知道了驹野和未羽的关系，这样一来驹野两人也就没有了威胁由芽的必要。因此恒男十有八九还不知道未羽和驹野出轨的事实。

剩下的嫌疑人还有七菜香、亚美、父亲、未羽、圣也。

他们当中谁是X呢?

想不出来,依靠现在掌握的信息真的可以找出凶手吗?

咻,沙罗练习挥棒的声音传来。

她一直在持续这一个动作,而且每一下都极其认真。

姿势也非常固定,是只有全垒打击球手才能打出的尖锐的轰鸣声。动作如一流运动员一般既豪爽又漂亮,眼球不自觉就会被吸引。

没时间了,由芽再度回忆起那天晚上发生的事。

先是威胁者A(驹野)拿刀威胁,之后A离开。由芽想着赶快回家,走到台阶旁,确认了台阶下方没有A的身影。然后下到第一级台阶时,有人从背后叫住她。停下脚步,一回头,有石头袭来,接着就被杀了。

之后凶手会怎么做呢?

是将尸体放着不管,还是藏起来?

那座神社周边有的是掩埋尸体的地方,而且那个时间段也没有人,有足够的时间掩埋尸体。

不过移动尸体应该是件很费力的事,要将超过一米七的由芽搬到三十级台阶的下面。虽说这个时间很少有人,但那是神社内,若是下了台阶,也有遇到人的可能性。

不论怎样,父亲、七菜香和亚美都知道由芽下午八点要去神社的事。由芽失踪后,警察就会搜索神社,如果尸体还在原地放着的话马上就会被找到，即便被埋了应该也不会花很长时间就能找到。

如此一来杀人事件就会暴露，警察将启动调查。

那么接下来会怎样呢?

有很高的概率，驹野会遭到逮捕。

第一，驹野没有不在场证明，而且在由芽被杀之前不久他的确就在神社。

第二，由芽当时咬了驹野的手腕，因为她很用力，即使出血也不为怪。所以由芽的口腔内很有可能留有驹野的血液，只要一做DNA检测，马上就会查明是驹野的血，这将成为犯罪的决定性证据。

第三，晃平的信。虽然模仿了晃平的笔迹，但只要做笔迹鉴定就会查出是伪造的。以警察的搜查能力，或许会通过附着在纸张上的指纹，或是信纸的购买途径等，查出是驹野伪造的也说不定。

另外，也是最重要的一点，如果X和驹野他们一样，认为由芽是那个拍了接吻照片的威胁者的话，就会顺理成章的以为，警察会从由芽的私人物品中找到那张照片，进而怀疑由芽和驹野他们之间发生了某种纠纷，进一步把怀疑的矛头指向驹野。

从以上的几点可以推测出，驹野被当作犯人逮捕的可能性极高。反过来说，这可能也正是凶手X的目的所在。

换言之，X的目的是杀掉由芽，并嫁祸给驹野。

如果是这样的话，X在杀掉由芽后，可能会在案发现场留下某些指向驹野就是杀人犯的证据，比如在由芽的手中留下几根驹野的毛发，等等。

这就是X的目的吗？

若假设成立的话，也就意味着X掌握着驹野的所有行动，即伪造假情书，然后将由芽引到神社并拿刀威胁。这样想的话，X很有可能是对方阵营的人，也就是未羽或圣也最可疑。

假如是未羽的话，理由可能是她想结束和驹野的婚外恋情，可驹野不同意。于是她便想到了利用眼前的这一情况，杀掉由芽，并嫁祸给驹野的计划。

可是，以上并不能称得上是推理，而是单纯的臆测。只是作为一种可能性存在，并没有任何依据，这样的可能性可以有无数种。

再比如七菜香。七菜香原本就对由芽抱有杀意，那天她知道由芽会在晚上八点出现在神社，于是提早来到神社躲了起来。之后驹野来了，过了一会儿由芽也来了，她躲在暗处目睹了驹野威胁由芽，然后离去的全过程。看到这里，七菜香突然心生一计，想到如果现在杀掉由芽的话，就可以让驹野顶罪，于是捡起掉落在周围的石头杀了由芽。

这样也是可以说得通的。如果是臆测的话，怎样都可以解释。

但这是不行的，必须得找出凶手只有可能是某个人的确凿论据，否则是无法说服沙罗的。

"八分钟过去，还剩两分钟。"

沙罗停止挥棒动作，放下球棒。然后打开冰箱，从中取出运动饮料，咕咚咕咚地大口喝着。

"啊，好热。"

用毛巾擦了擦汗，坐在椅子上，双腿张开，用扇子扇着脖颈的方向，向全身喷着冷却喷雾。

"那个，沙罗小姐。"

"嗯？"

"你说过靠我现在脑海中的信息就可以推理出凶手对吧？"

"没错。"

"那也就是说犯人在案发现场留下了自己就是凶手的证据，是这样吗？"

"我不能给你提供线索。"

"还是说，当时有可能出现在神社的只有一个人，所以凶手只能是那个人呢？"

"无可奉告。"

"但是——"

沙罗突然别开脸，提问被打断。

无法从沙罗那得到线索，不过这也是理所当然的。由芽是听从自己的意志决定要参加这场游戏的，如今她正在接受对自己生存价值的考验。

如果连这个谜题也解不开的话，只能说明她没有复活的资格，就算复活了也一定会一事无成吧。

谁都帮不了她，只能靠她自己解开谜题，向沙罗证明自己是有复活价值的人。

她已经推理出了大半，只剩最后临门一脚。

不过，不知为何，明明身处这一无路可退的绝境中，她却异常冷静。可能是因为她知道有人在注视着她。

沙罗虽然不会出手帮她，但相对的，会注视着她。

如果提出这个挑战的人不是沙罗的话，她大概不会接受吧。

沙罗一定是觉得由芽可以做到，才会赋予由芽这一考验。不过话说回来，如果她没有完成这项考验，即得不到沙罗的认可的话，肯定会被毫不犹豫地丢进地狱。

地狱的守门人并不是那么好说话的，祈求毫无意义。

这是她有生以来第一次赌上性命的挑战，不能就这样轻易认输。

已经没有时间了。

再次试着回忆案发现场的情况。

威胁者A（驹野）持刀威胁，A离开。由芽打算回家下到第一级台阶时，背后传来声音。回过头看的瞬间有石头朝她袭来，没能躲过攻击，石头擦到太阳穴，由芽跌落台阶。凶手X再次拿着石头袭击。

凶器是石头，而且是那种路边随处可见的普通石头。

为什么凶器是石头呢？

石头使用起来并不是很顺手，如果是以杀人为目的的话，刀才是最理想的凶器。

如果凶手X的目的是杀掉由芽，并嫁祸给驹野的话，那选择石头作为凶器又是何意呢？

是否是为了制造以下这种作案场景呢，也就是驹野用刀威胁由芽，遭到由芽奋力抵抗，刀不慎掉落，驹野为了抓住想要逃跑的由芽，慌忙之中捡起落在路边的石头杀了她。

　　的确用刀作案会有很多不便之处，若把刀遗落在案发现场，警方很有可能会查出凶手的相关线索。即便带回去，如何处理也是一个问题。如果用刀刺杀的话，拔出时还会溅上血迹。还有，因为驹野身上没有溅到血，嫁祸给驹野的计划便会出现破绽。综上考虑，凶手才选择了石头做凶器。可以这样想吗？

　　又或许是，凶手原本就没打算杀掉由芽，因此没有准备凶器。后来临时产生了杀意，便用了掉落在路边的石头。

　　总之，凶手使用的凶器是石头。

　　下面站在凶手X的立场考虑。

　　X最先来到神社，躲了起来，之后驹野到了，也躲了起来，最后由芽到达神社。X目睹了驹野威胁由芽的过程，之后驹野离开。由芽起身打算回家，在下到第一级台阶时，X站出来，发出"喂"的声音叫住由芽。在由芽转身向后看时，用石头袭击了她。

　　嗯？奇怪，为什么要出声叫住她？

　　X从身后悄无声息地接近由芽，由芽因为被刀威胁的恐惧，以及确认威胁者A是否真的已经离去，完全没有注意身后，也没有察觉到X的接近。

　　在这种情况下，只要直接用石头从后面击打由芽的头部就可以了，而且还能确保一击致命。

　　要是出声的话，由芽肯定会回头看，这时再用石头攻击的话很有可能会被躲开。事实上她也确实躲了，只是因为石头不巧擦到了太阳穴，一下子失去平衡才会从台阶上跌落。

之后再次遭到攻击，最终丧命。但要是第一下她能完全躲开的话，说不定就能顺利逃掉。

既然由芽没有察觉，那直接击打后脑就可以，为何要发出"喂"的声音呢。

难道是有什么必须得让她回头的理由？不对……

X使用的凶器是石头。

在她下到第一级台阶时……

"原来如此。"

在嫌疑人中，只有一个人符合这一条件。

"没错，那家伙就是凶手。"

"还剩十秒，十、九、八、七、六……"

沙罗开始倒计时，准确地读着秒。

从①到⑨，所有的点都连起来了。

七菜香无意间拍的一张照片，竟然会引发出这么多的事，真是没有想到。

这就是真相，动机应该是……

"五、四、三、二、一、零，时间到，你知道凶手是谁了吗？"

"是的。"由芽自信地回答道。

3

沙罗披上红色风衣，坐在椅子上跷起一条腿。

"那么请开始说明吧。"

"好，事情的开端是七菜香拍到驹野和未羽的接吻照片。七菜香用这张照片威胁两人，要求是让自己在班级表演剧目中扮演女主人公的角色。但是，若只写自己的要求，就等于在告诉驹野他们自己就是威胁者，于是她又加上了其他人的要求。比如让亚美的数学测试拿到满分，用三十万日元买下我父亲的画，或许还有班上其他同学的要求。

"再来看驹野和未羽这边。二人在努力找出威胁者，通过调查不在场证明，他们发现被拍到照片的时间，没有不在场证明的只有不去补习学校的我一个人。于是，两人便误以为我就是始作俑者，为了和我展开对抗，他们开始寻找能够威胁我的素材，被盯上的是我父亲。二人跟踪了父亲，拍到他偷东西的照片，然后放到了我的鞋柜里。那些照片的意思是'如果你打算威胁我们的话，我们也不会坐以待毙'，是对我发出的警告。可我对此毫不知情，因此也无法体会到其中的含义，而真正的胁迫者七菜香并没有接收到这一讯息。

"七菜香尝到了甜头，在欲望的驱使下进一步向驹野他们要求金钱，并用这些钱买了礼服。驹野二人忍无可忍，打算让我尝一下苦头。他们伪造了假情书，将我引到神社，然后伪装成黑社会成员拿刀吓唬我。两人肯定是觉得对方不过是个初中女生，吓唬一下马上就老实了。因此那时威胁我的人是驹野。到这里没有问题吧？"

"还可以，那么最关键的凶手呢？"

"是圣也。"

"原因是？"

"窝在家里闭门不出的圣也大概通过偷听或什么方法知道了事情的所有经过。就算不知道全部，也至少知道两人是婚外恋的关系，以及被我用照片威胁，还有制定了用假情书将我引到神社，再拿刀威胁我的计划。

"圣也大概还在记恨我吧，同时，他也恨着母亲的出轨对象驹野。于是便想利用这种状况，巧妙地将我和驹野同时除掉。

"圣也最先到达神社，然后躲到暗处，随后驹野来了，也躲了起来，最后到的人是我。驹野拿刀吓了吓我之后就离开了。圣也计划在那之后用石头杀了我。

"在圣也的计划中，我失踪后，尸体迟早会在神社找到，警察就会调查我的个人物品，然后就会找出驹野和未羽的接吻照。虽然实际并非如此，但圣也误以为我就是胁迫者，所以肯定有那张照片。这样一来，警察就会怀疑我和驹野之间发生了某些争执，从而将驹野当成头号嫌疑人。

"由于驹野在我死前不久的确在神社，因此没有不在场证明。警察通过调查那封伪造的情书，或许会找出驹野他们伪造的痕迹。又或者圣也会在案发现场留下某些指向驹野的证据也说不定。总之，所有的证据都会显示驹野就是凶手。

"警察大概会这样推断。驹野原本只是想要拿刀吓唬我一下，并没有杀意，目的是想让我停止威胁行为。但由于我剧烈反抗，弄掉了刀子，眼看我就要逃跑，驹野陷入慌乱，情急之下捡起路边的石头杀了我。

"无论如何，驹野肯定会被逮捕，这也是圣也的目的所在。圣也早就筹划好了先杀掉我，再嫁祸给驹野的剧本，借此一举除掉他憎恨的两个人。这就是我的推理，怎么样。"

沙罗皱着眉，将食指搭在嘴唇上。

"嗯，简而言之，就是说圣也杀了你，然后让驹野顶罪。可是，论据还是有些薄弱。因为如果仅是这样的话，还存在其他的可能性。"

"……"

"例如未羽，未羽受不了出轨的重压，想要结束和驹野的关系。于是便想出了刚才的计划，杀掉你并嫁祸给驹野，这也是可以说得通的。也就是说，有可能做这件事的人不止一人，因此无法断定圣也就是凶手。想要锁定凶手，必须得给出除了这个人以外别无可能，或是其他的可能性都不成立的论据。"

"我就知道。"

由芽说道，因为已经料想到沙罗的反应，所以她一点也不惊讶。

"好吧，那我就给出犯人只有可能是圣也的论据。那时在神社，圣也躲在暗处。驹野威胁过我之后便离开了，确认好驹野已经离开后，圣也拿着石头从我背后靠近，想要趁我不备攻击我的头部。但就在这时，预料之外的事发生了。"

"没错，那就是我比圣也想象中要高出许多。在最近一年间，我身高，已经超过了一米七。比一些男生还要高，而且远超过圣也的身高。

"在圣也的想象中我的身高还停留在一年前，因为那时我比他矮，所以他才能预想到从后面用石头击打头部杀掉我的景象。要让石头发挥出最强的力量，最有效的办法就是从高处挥下。而这一年间我的身高已超过他，要从身后用石头击打一个比自己高出许多的人，是很难实现的。

"圣也悄悄接近我的身后，打算下手时，才发现了这一事实。那该怎么办呢，方法有两个。一个是圣也站到比我高的地方，一个是我站到比圣也低的地方。

"于是圣也急中生智，利用了神社的台阶。就在我打算回家，下到第一级台阶时，他出声喊住了我。我反射性地停下脚步，回头去看。因为我已经下了一级台阶，因此我们的身高差也有所缩小，圣也举起石头挥下时正好可以落在我的头部。

"我回头时，看见有石头朝我袭来，立即进行了躲避。虽然没有直接击中，但很不幸地擦到了太阳穴的位置，我一下子失去平衡跌下台阶。圣也再次袭来，我便失去了意识。

"我完全没有察觉到圣也在我身后，要是他不出声直接攻击的话，或许一击就可以毙命。但他却冒着被我躲过的风险，出声叫住了我。

"那是因为他想要我正好停在第一级台阶上，要是再下一级的话，他的手就够不到了。

"凶手选择的凶器是石头。通常来说，要杀掉身高比自己高的人时，一般不会选择石头当作凶器。也就是说，凶手以为我的身高比自己低，凶手是不知道我这一年身高猛增的人。因此七菜香、亚美、父亲、未羽可以排除，剩下的就只有一年间闭门未出，没有上学的圣也。这就是我的依据。"

沙罗双手抱臂，靠在椅背上，点了两下头，然后露出一个奇迹般可爱的笑容。

"答对了，非常棒的推理。"

由芽松了口气，紧绷的神经放松下来。

沙罗将视线转向平板电脑。

"我来补充说明一下吧。事情开始于七菜香拍到接吻照。七菜香原本就有扮演女主人公角色的想法，与她单恋的德永晃平扮演恋人角色。但是她也知道自己赢不了丸美丽奈，所以没打算报名。可是你说的那番话让她产生了利用那张照片进行胁迫的想法。"

"可恶的七菜香，这的确是她能想出来的事。"

"接下来转到未羽的视角。儿子圣也已有一年窝在家里，年级升到初二，挂名在驹野所带的班级里。之后未羽在和驹野商谈儿子的事的过程中，慢慢发展为恋爱关系。她的丈夫恒男，虽然是个很能干的律师，挣的也很多，但平时工作很忙，加上本身也不是顾家的性格，对儿子也漠不关心，圣也逃避上学之后态度依旧冷淡。而且恒男自己也出轨了，夫妻关系早就名存实亡。

"就在这种时候，七菜香寄来了威胁信。若是丈夫知道了自己和驹野的关系的话，不但可能面临离婚，还有可能和圣也一同被赶出这个家。驹野也一样，要是被学校知道他在和学生家长搞婚外恋，一定会丢掉工作。而且恒男还和黑社会有来往，二人十分害怕。

"于是，他们暂且按照威胁信上的要求做了。让七菜香扮演女主人公的角色，给亚美的数学成绩打满分，花三十万日元买你父亲的画。还有一些其他同学的要求也都全部满足了。总之先稳住事态。

"问题是他们无法确定这些人之中谁是威胁者，但也不认为所有人都是共犯，比如这当中像亚美这样的好学生应该没有胆量做这样的事。照片拍摄的时间是周三晚上八点左右，二人调查了所有人的不在场证明，发现除了一个人，七菜香、亚美等人均在上补习学校。那个时间没有不在场证明的只有不上补习学校的你一个人。驹野也知道你家里很穷，于是他们便认定你就是寄威胁信的人。

"驹野和未羽跟踪了你父亲，拍下他偷东西的照片让你看到。打算以眼还眼，但因为弄错了对象，完全没有效果。不仅如此，还再次收到了七菜香的威胁信。得知你父亲的画卖出三十万日元，七菜香也有些眼馋了。威胁信的内容是让驹野清早到学校，将三十万日元放在女生厕所的工具间。驹野暂且按照要求做了。七菜香借着上厕所的时机，确认好没有隐藏的摄像头后，将现金收走，用这笔钱买了礼服。"

"那家伙就知道动这种歪脑筋，有这个精力的话怎么不用在学习上。"

"驹野和未羽被逼到了绝境，想着如果这样下去，可能会无限制遭受勒索。于是便想到干脆使用暴力吓唬一下威胁者，也就是你。两人合计，说到底对方不过是个小女生，虽然现在不把大人当回事，但只要让她见识一下大人的可怕，应该马上就会停止威胁行为。那封情书是未羽模仿晃平的笔迹写的，驹野作为你的班主任，隐约感觉到你可能对晃平有好感。然后将你引到神社，为了增加恐怖感，故意改变声音，伪装成黑社会成员，拿刀吓唬你。那天威胁你的人就是驹野没错。"

"果然是这样。"

"再来说圣也，他自从变成家里蹲后，和谁都不说话，几乎不出房间。他的生活以上网、看漫画、打游戏为中心，其余时间则在睡觉。至今仍为在教室里被剥光衣服的屈辱和恐惧感折磨，不敢去上学。

"圣也虽然几乎不出房间，但因为神经一直处于紧绷状态，反倒对家里的气氛变得很敏感。尤其他还有恋母情结，所以总是在注视着母亲的行动。他发现最近一段时间母亲的行为和往常有所不同。通过进一步观察，他得知了母亲出轨，以及对象是驹野的事。

"而且未羽和驹野两人都很疏忽大意，所以才会在街上做出接吻这种事，以至于被拍到照片。未羽频繁和驹野通话，内容基本上都被圣也偷听到了。另外，因为未羽的电话没有设置密码，所以在洗澡的时间，圣也可以尽情地偷看。因此，两人受到七菜香威胁之后发生的一连串事情，他基本都知道。而且还掌握了母亲和驹野打算伪造晃平的情书，将你叫来神社用刀威胁的计划。

"然后圣也灵光一现，想到可以巧妙利用这一情况进行复仇。而且是一石二鸟，将造成他不能上学的你和诓骗母亲的出轨对象驹野同时葬送。

"事发当天，圣也在下午七点来到神社，躲在暗处。作为凶器的石头，是他事先在神社附近捡的。七点半，驹野到了，也躲了起来。七点五十分你来了，驹野拿出刀威胁你然后离开。到这里为止都在预料之内，圣也拿起石头，慢慢靠近你背后。

"用石头当作凶器是因为这样看起来更自然。圣也想要营造出驹野用刀威胁你时，遭到抵抗刀不慎掉落，眼看你要逃跑，情急之下捡起掉在路边的石头杀了你的效果。而且，用刀的话身上会溅上血。

"圣也悄无声息地来到你身后，这时，他第一次意识到一件事，就是你的身高比想象中要高出许多。在他的记忆中，一年前的你身高比自己要低，所以才能在脑海中演练出用石头击打头部的场景。这一年间他的身高几乎没变，相对的，你却身高猛增，几乎比他高出一个头，所以用石头打的话根本就够不到。

"之后就是随机应变了，圣也猛然想到可以利用台阶的落差，于是在你下了一级台阶时出声叫住你。这样你和他的身高便可以缩小这一级台阶的高度。不过，发出声音的话你一定会回头看，也会产生被躲开的风险。于是他在你停下的瞬间便挥起石头。你虽然勉强躲开了第一下攻击，但石头很不幸擦过太阳穴，导致你跌落台阶。于是圣也立马抓住时机进行第二次攻击。"

沙罗优雅地交换了一下双腿。

"稍微说一下之后的状况吧。事实上，你死后已经过去了两天。圣也在杀掉你后，将石头扔掉回了家。因为他戴了手套，所以并没有留下指纹。你的父亲被你踢晕，从昏迷中醒来后，急忙赶往神社，然后就发现了你的尸体。

"警察连夜展开了调查，你的口腔里留有血液，是咬驹野的手腕时留下的。第二天，驹野手腕上缠着绷带来到学校。这时他才听说在神社发现了你的尸体，他非常慌张。看到驹野异常慌张的样子，加上手腕上的绷带，警察立马怀疑到了他身上。

"经过DNA鉴定，证实你口腔中附着的血液的确是驹野的。警察还从你的私人物品中找到了那封情书，并从纸张上采集到了未羽的指纹。驹野的电话被没收，从中找出了他和未羽的联络短信。至此，七菜香也站了出来，向警察坦白是自己威胁了驹野他们。第二天，案情几乎全部明了，警察判定是驹野误把威胁者七菜香当成你，从而犯下罪行，逮捕了驹野。驹野坚称自己将你引到神社加以威胁虽是事实，但他没有杀你。但是，这显然是行不通的。所以说，到目前为止，事情大致都在按照圣也的计划推进。"

"可恶。"由芽发出低吟。

虽然由芽感到很愤怒，但又不知道应该将怒火发泄到何处。

只有她一无所知，完全被蒙在鼓里。不知不觉间自己就变成了事件的中心。

在解开谜题放下心来的同时，由芽感觉花尽了所有力气，疲劳感随之涌来。明明身体没有感觉，脱力感却越来越强烈。

沙罗看了眼手表。

"那么，时间也不多了，我来解释一下后面的事情。因为我答应了你，所以会遵守约定将你复活，但准确来说是将时间倒回去。如果倒的太多的话，后续调整起来很麻烦，所以我会将时间倒回至你死的前一刻。"

"我死的前一刻指的是？"

"就是被圣也袭击的前一刻，不过，你来这里的记忆会全部消失。"

"那意思也就是说，我会忘记自己死过一次的事情对吗？这样的话，即使复活不也会马上就死吗？"

"这点不用担心，我会安排好的。"

"是吗，那就拜托了。"

"那么开始了。"

沙罗转动旋转椅，面向桌子，将平板电脑连上键盘，开始输入。

由芽看着她美丽的背影出神。

因为差距过于悬殊，就连心生向往都感到无限惶恐。

她是那么出类拔萃，与众不同，好像顿悟了一切，站在普通人无法企及的高度，宛如宇宙一般。在沙罗面前，会不自觉地感到自己的渺小，类似贫穷这样的烦恼显得无聊至极。

要是能像沙罗一样，随心所欲地活着就好了。可是，自己一定模仿不来吧。

这个人要是自己的姐姐该有多好。

好想和沙罗再多交谈一会儿，关于恋爱、关于学业、关于未来，好想听听沙罗的看法。但马上就要说再见了，而且复活后会忘掉这段记忆，可能以后也没有机会见到了。

沙罗为什么会给自己机会呢，年纪轻轻就不幸丧命的人应该不在少数，要是一一让他们复活的话只会没完没了。可她为何会牺牲自己的时间给我复活的机会呢？

沙罗输入完毕。

"那么开始了。因为需要强行进入时空的缝隙，所以会很疼，忍一忍吧。"

"好，谢谢。"

"不客气。"

"那个，我能问一个问题吗？"

"什么？"

"为什么要给我机会呢，并不是每个人都会有复活的机会吧？那为什么我……"

沙罗不可思议地注视着由芽的脸。

那表情很难找到准确的形容词，非要说的话，只能说是透明的表情。她的眼眸像从宇宙看到的地球一样闪耀。

沙罗很可爱地歪了歪脖子。

"嗯……因为我们都有一个无可救药的父亲，所以一方面是出于同情吧。但这不是唯一的原因，还因为我在你眼眸深处看到了闪光点。"

"嗯？"

"你还是一名中学二年级的学生，自己能做选择的事非常少。因为家境贫穷，要比常人吃更多的苦。这也是你的宿命，你生来就要比常人背负更多的艰难困苦。这次的事情也一样，你明明没有任何责任，却毫无道理地被卷了进来。在你今后的人生当中，这样的事应该还有很多。

"但是人这种东西，苦难越多，受益也就越多。虽然你注定要肩负更多困苦，但与此同时，也养成了你独立思考的性格。而你这样的人是极少数，世上大多数人虽然看似在自己思考，但其实只不过是遵循常识或惯例，顺从别人的意见，要不就是看周围比自己地位高的人的脸色，逃避着自己做出选择需要承担的责任，应付性地决定是往左还是往右而已。并没有用自己的大脑认真思考及判断。

"但你是真的在用自己的头脑思考，所以，即使在这种被逼到绝境的情形下，你也可以做出合理的推理，找出真相。这需要在日常生活中用自己的双眼好好观察世界，对周围发生的事报以关心，去追究'为什么'，并努力发现其中的道理。而你做到了。

"人们常说'神只会赋予人们可以超越的考验'，但这其实是假话，神并没有那么深远的考虑。但是，对于降临到自己身上的考验，即便不是自己期望的，即便自己没有过错，依旧将其当成是人生中必须跨越的障碍，勇敢面对，毫不退缩。能做到这点的人是非常值得称赞的。

"你今后的人生中也会面临很多考验，若你能勇敢面对这些考验，不抱怨、不气馁，那么等你跨越这些考验之后，一定会到达只有你能到达的地方，看到只有你能看到的景色。希望有一天你回首过去时，能由衷地认为原来我的人生是为了看到这样的景色而存在。为了这一天的到来不懈努力吧。

"会面临很多考验，反过来说，就是会遇到很多机会。大部分人的一生都在随波逐流、碌碌无为中度过。比起那些苍白无色的人生，你的人生虽然很辛苦但也色彩斑斓。而且，你有着克服这些困难的力量。"

"嗯，谢谢。"

"你虽然厄运很强，但良运也不差。就像这次，虽然不明不白地被人杀害，但却碰巧遇到我代班，从而获得了复活的机会。两种运气都很强，但总会从中取得收获。"

"是啊。"

"如果今天你遇到的是父亲的话，他一定二话不说将你丢下地狱，说着'怎么能用脚踩父亲的脸呢'之类的话。"

"啊……"

沙罗微微一笑，"那我开始了。芝麻开花，向井由芽，重回地上吧。"

沙罗按下回车键。

4

——就在她下了一级台阶之时。

"喂！"

背后传来声音，声线听上去很粗哑。

由芽吓了一跳，停在第一级台阶上，就在她回头看的瞬间。

有什么东西朝她的面部袭来，是石头。

身体本能地做出躲避反应，但没能完全躲开。

石头擦过太阳穴，她一下子失去平衡，膝盖一软，从台阶上跌落。

由于擦到太阳穴的关系，视野变得扭曲，半规管急剧摇晃，完全无法分辨方位，又往下滚了几级之后才停了下来。

紧接着由芽的上方出现一个身影，手中拿着石头，高高举起，然后落下。

由芽闭上眼睛，就在这时……

"由芽啊啊啊啊啊啊啊！"

从台阶下方传来一声震天响的吼声，是父亲的声音。

父亲笔直地朝着高举石头的敌人冲刺，就像发了狂的斗牛一样，毫不犹豫地猛扑过去。

敌人在台阶中途摔倒，父亲骑在那人身上，不停挥拳殴打。

"哇啦，你在对我可爱的女儿做什么？喂！"

第一次看到父亲这样的表情，犹如厉鬼，又像野兽。父亲两手交互殴打敌人的面部。

"哇呀呀呀呀呀呀呀！"

因为出拳太快，胳膊就像漫画里一样看上去有好多条。由芽这才知道，平常十分懒散的父亲，打起架来原来这么厉害。

敌人失去意识，不再动弹。父亲停止了殴打。

"没事吧，由芽？"

"啊，嗯。"

因为太阳穴被打到的关系，头还有些晕，但在父亲的搀扶下勉强可以站立。

不知为何父亲浑身都湿透了，就像刚从游泳池出来的一样，衣服和头发都是湿的。

那人的口鼻中都流出血来，虽然被打得面目全非，但那张脸千真万确是圣也。

"圣……圣也？"

"是认识的人吗？"父亲问道。

"嗯，是同班同学……但，圣也为什么会杀我？"

三天后。

由芽被打中的太阳穴肿得很厉害，加上头痛不止，所以住院做了进一步检查。幸好，大脑没有发现异常。待检查结束时警察的调查也有了很大进展，事情的全貌被揭开。

所有的事情都是在由芽毫不知情的情况下，由七菜香的威胁引发的。

驹野、未羽、七菜香，以及圣也全都坦白了。

圣也虽然被打到失去意识，但并没有受太大的伤。随后以杀人未遂罪遭到逮捕。驹野在处分下达之前，就提交了辞职信。圣也的父亲并不打算替妻子和儿子做辩护，似乎准备离婚。

至于之后几人怎么样了，由芽也不是很清楚。

住院期间，七菜香和亚美一起来看了她。七菜香一进入病房，就跪倒在由芽面前。

"对不起！"

看来七菜香已经在深刻反省了，喜欢自以为是却没什么胆量，事情一变大就会畏缩不前，这就是七菜香。至于她威胁驹野两人的事需不需要承担罪责，现阶段还没有定。

另外，文艺表演会也中止了。

由芽俯视着跪在地上的七菜香。

"真没想到，七菜香会威胁驹野他们，而且我还被当成了替罪羊。这下所有的事都可以解释得通了，最近发生了许多不可思议的事，我正觉得奇怪呢，原来是这样啊。"

反过来说，所有的信息由芽其实都知道。如果她是名侦探的话，或许可以提前解开谜题，防患于未然。

通过这次的事她认识到，在日常生活中应该好好观察外面的世界，养成思考的习惯。而且自己还是那种很容易卷入麻烦的体质。

七菜香正在接受停学处分，她不仅受到警察严厉的审讯，还被双亲狠狠训斥。因为再怎么说，差一点就闹出人命了，想必这次是真的吸取教训了吧，一副十分消沉的样子。

由芽得知真相时是很生气，但看到七菜香垂头丧气的样子，她就气不起来了。

"算了，这次也没有酿成什么大祸，我也还活着，这就很好了。"

这是她的真心话。

"还好被盯上的人是我，我虽然经常遇上不幸的事，但不知为何最后总能化险为夷。要是换成其他人的话，说不定真的会死。"

"嗯嗯，是啊。"父亲说道。

因为父亲很闲，所以一直暂住在医院里，正吃着不知是谁探病带来的香蕉。

"别消沉了，要吃香蕉吗？"

父亲对弱者很温柔。他扶起跪在地上的七菜香的肩膀，微笑着让她抬起脸。

"真的对不起！"七菜香说道。

"已经没关系了。不过，你可要接受教训哦。威胁或是陷害别人的话，总有一天会报应到自己身上。"由芽说。

"是啊是啊。"父亲说道，"善有善报，恶有恶报。因为地球是圆的，所以自转一周还是会回到自己身上，以后记住不要做坏事啦。"

"你有资格这么说吗？自己还不是偷东西。"

"嗯……"

七菜香始终一副垂头丧气的样子，跟着亚美回去了。

"为什么大家探病都带水果啊花啊什么的，要是带酒来就好了。"父亲说着。

"谁看望一个中学生会带酒来啊。"

有很多人来看望了由芽，慰问品大多是花、水果和果冻这些。

父亲吃完香蕉，又将手伸向果冻。

其实父亲不在她身边看着也行，他在这里也帮不上忙，但父亲却一刻也不离开由芽。借着住院费是圣也的父亲出，便想在医院多待些日子，于是让由芽做了很多不必要的检查，还趁机为自己做了体检。

突然，想到圣也的事。

虽然心怀愤怒，但同时也觉得他有点可怜。

圣也变得闭门不出和由芽有很大关系。但怎么也没想到，那个圣也竟然会谋划这么可怕的事，在由芽的印象里，他是一个懦弱、胆怯、有些神经质的人。想必这也是圣也为了母亲而采取的行动吧。

忽然想起来，"啊，对了，爸。"

"嗯？"

"你那时为什么浑身都湿透了啊？"

那天父亲赶来救由芽时，不知为何浑身都是湿的，那不像是汗。

"哦，那天被你一记回旋踢打倒之后，我晕了过去。可是突然有人朝我头上浇了一桶水，然后我就醒了。"

"水？是谁浇的？"

"是个女孩，大概十六七岁。还一边说着'你要睡到什么时候，你这个废柴老爹'，一边用运动鞋踩我的脸。"

"女孩？"

"是啊，我问她是谁，她回答说是沙罗。"

"沙罗？"

记忆有一瞬间闪现，沙罗，好像在哪听过……

"我醒了后，想起你去了神社，便急忙追上去，然后就看到你遇袭的场景。"

"那个叫沙罗的人呢？"

"她随后就离开了，不知去了哪里。"

"那个叫沙罗的人，是个什么样的人？特征呢？长什么样？"

"用一句话总结的话，就是超级可爱。身材苗条，就像女明星一样。但也有些可怕，尤其是眼睛，瞪得这么大。"

"这么说我哪能明白，你是画家吧，画下来看看。"

"哦，好。"

父亲拿来纸和铅笔，开始画起来。好歹算个画家，素描还是有一定基础的。父亲毫不犹豫地在纸上描绘着。

素描仅用几分钟就完成了。

是一位很漂亮的女性。一双特征鲜明的大眼睛，同时有着如同日本刀一样的凌厉感。拥有仅一眼就可以给人留下印象的冲击力。

但这种感觉是什么呢？总觉得有些熟悉。

而且她的出现也很不可思议。用一桶水浇醒晕厥的父亲后，便离开了。

若是没有沙罗，父亲一直晕厥没有醒来的话，由芽很有可能会被杀掉。

完全没有头绪，但总感觉并非毫无关系的人。

她究竟是谁？为什么会这么做？

"哈啊……"由芽歪了歪头。

由芽坐在公园散步道的一旁。

这天是星期天，天气尤为晴朗。

父亲经常在这里一边画画，一边展示出售。现在也在画着，由芽则坐在一旁看。

公园里人来人往，但很少有人将目光停留在父亲的画上。即便偶尔有人驻足，也只是看看，并不会买。但父亲完全不在意来往的行人，专心地画着。

平时由芽并不会来这里。但今天不知怎的，她就是想来看看，想更多地了解父亲的画。

画的题目是《SALA》。

沙罗的素描好像给了父亲灵感，他决定将沙罗的肖像画在画布上。首先描绘底画，然后在上面涂上颜料。渐渐的画像好似在父亲的笔下注入了生命一样。

父亲的画画得并不好，甚至让人不禁产生都画了这么多了为什么还是没有长进的疑问。既画不了笔直的直线，也画不好流畅的曲线，所以画出来的东西就像凹凸不平的道路一样十分笨拙。因为缺乏技巧，还会有颜料洇染开来，或是不自然的凸起等现象。

但虽然画得不好，或者说正因为画得不好，才能感受到画者的灵魂。笔触有着独一无二的特色，虽然不像照片一样具有写实感，但在歪曲变形的画中可以感受到父亲对事物独特的思考。

看着父亲的画可以想象出沙罗大致的样子。

还是觉得在哪里见过。

但就是想不起来，并不是忘记了，只是无法连接到那段记忆。就像网站虽然还存在，但因为设置了拦截无法进入一样，让人很心急。

到底是在哪见过呢，是梦中还是前世？也有可能是在某个不属于这个世界的地方。

明明想不起来在哪见过，但还想再见一次。

你到底是谁？由芽朝着画中的沙罗问道。

是我的守护神吗？

看着画中的人，会有种治愈感。不，准确来说是会受到鼓励，让人不断涌出活下去的勇气。感觉神在看着你一样。明明想要接近，对方却逐渐远去，就像飞走的气球一样。

父亲沉默着，一刻也不休息地作画。

事实上，像这样看父亲作画还是第一次。以前她总是瞧不起父亲的画，所以并没有好好看过。

父亲的表情和平常截然不同，专注而认真。

不由觉得，原来父亲有在认真对待画画这件事。

每一笔都画得非常用心，但又绝对算不上好。

父亲大概没有才能吧。

即使很努力，也没有得到绘画之神的偏爱。只是喜欢绘画，不管再怎么努力，神都没有赋予其才能。

为什么神会让我降生为这个人的女儿呢？

要是能出生在富裕一点的家庭的话，就不用吃这么多苦，也不用受这么多限制。可以上补习学校，可以打扮得漂亮一点，个子长高的话也可以买新的制服。

但由芽却出生在了这个家里。

神虽然没有赐予父亲绘画的才能，却让我作为他的女儿出生。这难道有什么特殊的意义吗？

或许寻找这个意义就是我人生的目的吧。

算了，别多想了。这就是我的父亲，如果没有我的话，这个人真的什么也做不到，既没有固定的收入，还会偷东西，是个无药可救的人。但这一定就是我必须肩负的命运吧。

而且父亲也不是一无是处，在女儿遇到危机时，他会连命都不顾地冲上来，这点丝毫不用怀疑。

由芽一定是命中注定要比别人承受更多的苦难吧，而且周围容易聚集像父亲和七菜香这样的人。但也正因为这样，她才能体验一些常人根本不会经历的事情。另一方面，这也意味着可以获得更多成长的机会。

父亲画完后，在右下角落款处写上自己名字的首字母T·M。

"完成了，怎么样，由芽，画得不错吧？"

"嗯，非常好。"

美丽的五官，晶莹透亮的雪白肌肤，锐利的眼神。微微嘟起的嘴唇好似马上就会开口说话。简直是父亲的蒙娜丽莎。

"这是我的最高杰作。"

"嗯，好厉害。又漂亮，又有感染力。"

身体不自觉地颤抖，内心为之震撼，眼泪不由自主地涌上来。由芽还是第一次对一幅画有这种感觉。

在颜料晾干之前，由芽的眼睛一直没有离开这幅画，感觉可以一直看下去。父亲从小卖店买来热狗，两人一起坐在地上吃了起来。

突然，有人在旁边说道。

"这个，画的不会是我吧？"

由芽抬眼看去。

一下子屏住呼吸，沙罗就站在眼前。虽然是第一次见面，但直觉告诉她这个人就是沙罗。

沙罗一脸为难地盯着画。

"请问，你是沙罗对吗？"由芽说道。

"不经我的同意就随便把我画下来，这会让我很为难的。"

"啊，真对不起。"

"不过不怎么像就是了。而且画得可真烂啊，真人的可爱程度，连两成都没有表现出来。"

的确如此，由芽本来以为画已经够漂亮了，但和实物相比简直是天差地别。真实的沙罗美得像女神一样。

"不过，既然都画了就没办法了。这个怎么卖？"

"欸？"

"这个是出售的吧，多少钱？"

"啊，不，送给你了。请拿走吧，不对，请你一定要收下。可以吧，爸爸？"

姑且问问父亲的意见。

"嗯，可以啊。"父亲微笑着回答道。

"啊，是吗，那我就不客气了。不过，就这样拿走也不好意思，作为交换这个给你吧。"

沙罗取下脖子上的项链，替由芽戴上。挂坠的部分，闪烁着一颗红色的宝石。

"我知道你没有钱，可难得生为女孩子，在力所能及的范围里好好打扮打扮自己吧。"

"啊，好的。"

沙罗拿过画，看了一会儿后，将其卷成筒状，然后插到自己身后的背包里。

"以后不可以再画我的肖像画，要是违反的话就叫你下地狱，知道了吗？"

"好……好的。"

沙罗转过身向前走去。

"请……请问，沙罗小姐。"

"嗯？"沙罗停下脚步，回过头来。

"我们还能再见吗？"

沙罗轻轻地微笑了一下，说："嗯，在你死之后，或许可以再见。"

"死之后？"

说完这句话，沙罗没有再回头，逐渐走远。黑色的短发在微风的吹拂下轻柔地摇曳。

由芽一直盯着那个背影直到消失不见。

和父亲一起走回家中。

心脏一直在剧烈跳动，丝毫没有平复的迹象。真实的沙罗远远超乎她的想象。虽然有些半信半疑，但沙罗的确是真实存在的。

证据就是，由芽胸口挂着的红色宝石项链。

不知道还能不能再见。但她感觉很可能不会了，奇迹不会出现第二次，沙罗不会再出现了。

"好，我决定了，由芽。"

父亲突然这样说道，然后放下装满了绘画用具的背包，拿起最常用的画笔，握住两端，用力折断。

"啊，你在做什么呀？"

"我决定以后再也不画画了！"

"啊？"

"那幅画，*SALA* 是我绘画人生中的最高杰作，我再也画不出比那更好的画了。所以，我要放下画笔，从明天开始做个工薪族。"

"为……为什么突然这么说？"

"对我来说，最重要的就是你和妈妈。比起画画，家人更重要，为了家人，我会好好工作赚钱，成为一个优秀的父亲。这样一来你妈妈也会回来吧。"

父亲信誓旦旦地说道。

"就算你突然这么说……"

父亲偶尔会像现在这样，突然间变得干劲十足，但每次由芽都没有指望过。这个人不可能成为工薪族，再说也不会有公司雇用他。但是，如果他本人想要改变的话，虽然不抱以期待，但还是由他吧。

"那就随你。可是，也没必要放弃画画吧？虽然做不成专业画家，但在节假日当成一种兴趣画一画也是可以的啊。"

"……啊，对哦，是没必要彻底放弃。"

"嗯。"

"但怎么办呢，我刚才把笔折断了，这个很贵的。"

"用胶布粘一粘不就行了吗？"

"可家里没有胶布啊。"

"我明天带到学校去粘吧，文艺表演会做道具用的胶布还有剩的。"

"是吗，那就好，那就好。"

不知为何由芽总觉得父亲放弃画画的话有些可惜，而且丢掉绘画后，这个人还能剩下什么呢？

她希望父亲能一直画下去，无论有没有才能。即使欣赏父亲画的人在这个地球上只有由芽一个人。

画家能不能出名有很大一部分是靠运气，要是运气好发生奇迹的话，或许父亲的画有一天也会受到大家的关注。但若是奇迹没有发生，那也没有办法，人生不就是这样吗？

走到自家公寓前面时，从前方传来一声呼喊。

"由芽！"

是母亲，现在就站在玄关前。

一看到由芽，母亲就跑了过来，然后一把抱住由芽。

"对不起，由芽。对不起。"

母亲哭着说道。在离开家之前因为神经衰弱变得十分消瘦的母亲，大概是这段时间精神安定下来的原因吧，好像比原来胖了一点。

"妈妈，你怎么了？"

"昨天我才看到电视，说尼川神社发生了一起中学女生遇袭的事件。我觉得很不安就给学校打了电话，没想到受害者竟然真的是由芽，便立马飞奔回来了。对不起，这么长时间不在家，真对不起。"

母亲就这么靠着由芽哭了一会儿，由芽抱着抽泣的母亲，感受着她的体温。

母亲这段时间一直寄居在小学时的女班主任家里。女教师如今已经退休，丈夫也先她而去，一个人生活在乡下。母亲和她一直保持着联系，这次将情况说明后便寄居在她那里。

母亲抛下由芽离开家后一直在后悔，以这次的事为契机，又回到了家里。

转头一看，父亲也在一旁哇哇哭着。

只要活着的话一定会有好事。即便遇到一百次艰难困苦，也会因一次奇迹的出现全部烟消云散。这样的事一定存在。

第2话

阎魔堂沙罗的
日常

02

To a man who says"Who killed me."
she palys a game betting on life and death.

"沙罗，快起来，到早上了。"

沙罗在摇晃中醒来，意识还有些模糊。尚未完全从睡眠中苏醒的她眼皮紧闭。

"沙罗，快起来啦，你要睡到什么时候？已经到时间了。"

睁开眼睛，面前是母亲那已经化着完美妆容的脸。睫毛高高翘起，眼睛又大又亮。体脂率不到百分之十，又高又瘦，因为练瑜伽，她的背部很挺拔。虽然有一定年龄了，但外表看上去就像比沙罗年纪稍长的姐姐。

母亲将黑色的长发束成马尾。做家务时，她总会把头发束起来。

在灵界，母亲不仅是嫁给名门，也就是阎魔家的女人，还因为超级主妇的名号被人熟知。副业是模特，还出过便当系列的烹饪书籍。

母亲身着藏蓝色衬衫加卡其色长裤。虽然颜色很朴素，也并非名牌，但穿在母亲身上就显得很高贵。时尚追根究底，并不是"穿什么"，而是"谁来穿"的问题。并不是衣服太土，而是土的人穿在身上的衣服也显得很土。

看一眼钟表，时间还是上午八点。

"这不是才八点吗，为什么叫我起来？"

"你今天不是要工作吗？"

"啊？我可没听说，那个酒精中毒患者呢？"

"要叫爸爸，是爸爸告诉我今天由沙罗代班呀。"

"怎么又来？"

"他好像身体不舒服，说是急性感冒发高烧了。"

"肯定又是装的吧？"

"是不是急性感冒不知道，但发高烧却是真的。我用体温计量了量，超过了九十度呢。"

"那岂不是再差一点就会沸腾吗。就算是阎魔，血液沸腾起来的话也会死吧？"

"所以才叫你代他去工作呀。"

"啊啊，麻烦死了。那个可恶的酒精中毒患者，总是把工作推给我。"

虽然父亲阎魔大王的身体又大又结实，但体质很弱。总是会染上这样那样的病。就像虽然很坚硬，但只要浇上水马上便会生锈的铁一样。不过与此相对，最后都会挺过来，并不会死。据说阎魔的DNA非常特殊，目前为止还有许多尚未解开的地方。

"真的是生病吗？他肯定是觉得只要说是生病，就可以不用工作了吧？"

"怎么会呢，你爸好歹是阎魔大王啊。"

"说到生病，他不是一年到头都在生病吗，动不动就说这儿疼或哪儿疼。我看就是酒喝多了，把宿醉说成是生病而已。"

"可能也有这方面的原因。但是阎魔的工作很辛苦吧，要去面对那些死者不为人知的阴暗面，对那个人纤细的心灵来说，这是很大的负荷。不喝酒怎么干得下去。"

"呕，他哪里纤细了？分明就是爱喝酒罢了。"

和母亲这样争论的期间，头脑完全清醒了过来。沙罗从被窝里爬起来，坐到床上。

"但为什么总是我呢？"

"因为除了你没人能做得了爸爸的工作啊。"

"妈妈你来不就行了？"

"我不行的，我身上本来也没有流淌阎魔家的血。再说了，要审判别人的人生什么的，担子太重了。"

"那软蛋呢？"

"那是你哥。小寅丸现在正忙着准备考试，我不想打扰他。"

"什么小寅丸，也没听你叫我小沙罗啊。都是妈妈你太宠他了，所以才会变成那种软蛋。"

哥哥寅丸为了继承父亲的衣钵，正在准备成为阎魔大王的考试。现在，沙罗和寅丸虽然可以代理父亲的工作，但终究不是正式的阎魔大王，最后还是要父亲盖章裁定。阎魔大王一贯是由具有阎魔血统的人来继承，但仍需通过考试取得资格。可是，寅丸已经连续三年落榜了。

在沙罗看来，寅丸就是被宠坏了。

寅丸从小就体弱多病，经常受人欺负。体格纤弱的他在母亲的过度保护下长大。再加上肩负生为阎魔家继承人的重担，为了回应周围人的期待，勉强自己做一些超过自己能力范围的事，结果反而被压垮了。

"叫他放弃吧，像他那样的笨蛋再怎么努力也考不上的。"

"别胡说，要是寅丸不继承的话，不就没有人做阎魔大王了吗，因为阎魔家的男孩子只有寅丸一个。还是说，你要做吗？要是寅丸不行的话，就只能由沙罗你来继承了。"

"我才不要，快饶了我吧。加油啊，寅丸，一定要考上。要不干脆让他走后门怎样，咱家办得到吧。"

"办是办得到，但那样的话对小寅丸并没有好处。"

"可那个酒精中毒患者也是走后门的吧？"

"好像是这样。"

祖父走后门让父亲通过了阎魔考试的事在灵界很有名。

事实上，阎魔家的继承人问题在灵界已经成为一个不小的社会问题。因为，阎魔的血脉越来越单薄。父亲虽然有一个妹妹，而且已经结婚，但只生了一个女孩（即沙罗的表姐妹）。现在阎魔直系的血脉，只有寅丸、沙罗和这个表姐妹三人。

而男孩则只有寅丸一人。因此若寅丸不继承阎魔大王的话，阎魔直系男子的血脉便会断掉。可是，寅丸却一点也不成器。不仅继承了父亲虚弱的体质，性格也很软弱，学业也一般，毫无领袖气质可言。很多人都对寅丸继承阎魔大王颇有微词。

现在即便是女子，在法律上也可以做继承人。而且沙罗无论是头脑还是容貌都出类拔萃，享有才女的称号。因此让沙罗成为下一任阎魔大王，也就是第一任女性的阎魔大王有着很高的呼声。

当然沙罗本人是一万个不愿意。这个继承人问题，无论是对阎魔家还是灵界，以及对沙罗来说都是一个很重大的问题。

母亲说道："总之今天先拜托你了，听说等待审判的灵魂已经排成长队了，阎魔厅那边也在催促。"

"啊——真是的。"

"反正你也很闲吧？沙罗。"

"我哪里闲了！"

"那你有什么要做的事吗？"

"有啊，像是购物啦，看录下来的电视节目啦……"

"那不就是很闲吗？"

"呃啊。"

"你也不小了，这样真的没关系吗，而且你好像还没男朋友吧？"

"事先声明，我不是交不到男朋友，只是不想交。想成为我男朋友的人多的是，但没一个配得上我。"

"话说回来，沙罗，你最近经常去地上吧？"

"是啊，去买点衣服什么的。因为比起灵界的服装店，人界的选择更多。"

"怎么能因为这种理由就去地上呢。万一遇到什么事要怎么办？"

"到时就向阎魔厅请求帮助，把知道我的存在的人类伪装成事故全都抹杀掉就好啦。"

"别说得这么轻松，只要你不去地上，就什么事也不会发生了不是吗？"

"好，我会注意的。"

　　阎魔出于职务关系，有必要深入了解人类的生活，所以是允许去到地上的。不过有次数以及时间的限制。还有，绝对不能对人界产生影响，或是让人类知道灵界的存在。

　　沙罗叹了口气，在睡衣外面套了件卫衣，走到客厅。饭桌上已经准备好了早餐。

　　拉动自己的椅子，感觉有些重。一看，才发现猫趴在上面。

　　"去，别趴这，下去。"

　　轻轻拍打猫的屁股，可它完全不为所动。

　　沙罗只好把猫抱下来，真的不是一般的重。用两手抓住腋下，发出"嘿咻"一声用力抱起。

　　"呃，好重，怎么这么重。"

　　肯定有那种老式的显像管电视的重量，这只超级大肥猫，猫当中的相扑选手。将其放到地上后，猫四条腿张开，呈大字形卧趴姿势继续睡觉。因为肚子上肉太多，所以这个姿势睡着最舒服。

　　"妈妈，这只猫是不是又胖了，到底怎么回事啊？"

　　"嗯……我也不知道是为什么。"妈妈说。

　　"你喂它吃太多了。妈妈基本上除了对我，都太娇惯了，不管是对酒精中毒患者、软蛋，还是这只肥猫。"

　　"那换你来照顾啊，本来也是你捡来的。"

　　这只猫是沙罗去地上时捡来的。当时还是只幼猫，和母猫走散了。若是放着不管的话，要不就是被乌鸦叼走，要不就是饿死，因此沙罗便把它带回了灵界。

母亲边用手指捏起猫咪腹部的肥肉，边说道。

"可是，我也没有喂它很多啊。还是说，地上的猫和灵界的猫吃的东西不一样呢？"

"也有可能。"

"这只猫只会发出'喵'的叫声，所以我不知道它的想法。"

的确，很注重健康管理的母亲，应该不会喂它吃太多。难道说，灵界的猫粮对地上的猫来说，热量太高了吗？虽然都是猫，但可能性质完全不同。就比如，灵界的猫可以说话，但地上的猫只能发出"喵"的声音。

这样说的话，地上的人类和灵界的沙罗他们，不论是骨骼、内脏、血液，还是大脑、知觉以及神经构造，都有不同之处。但灵界也有家庭和社会体系，会进行进食及排泄等生命活动，以及生产和消费等经济活动。因为有时间轴，技术和科学会不断进步，也可以获得许多新的知识。这些方面和人类世界很相似，但又不等同于人类世界，还有很多尚未解开的谜题。

"喂，动一动呀，这只肥猫，快去运动。"

沙罗揪住猫的脖颈想让它动一动，但猫依旧趴在地上，纹丝不动。面部也堆积了厚厚的脂肪，多余的肉垂下来，松松垮垮地摇晃着。

"小时候明明那么可爱，怎么就变成了这样呢。"

"就是啊。"妈妈附和道。

"眼神又恶劣，就像谁欠了它一样，性格也目中无人，还怕麻烦。整天除了吃、睡还有拉什么都不做，活着有什么意义。"

"这点倒是和你很像。"

"我才不是这样的！"

"不，你就是这样的。"

"啊啊，下次去地上的时候，要不顺便把这只猫扔了吧。"

"不许这样，既然把它领回来了，就要负责到最后。"

沙罗坐在椅子上，看了看桌上的早餐，但除了蔬菜还是蔬菜。煎菠菜、蔬菜沙拉、浓菜汤，还有蔬菜汁和水果酸奶。

"我说，妈妈，这是什么早餐？全是草啊。"

"要说蔬菜，早上吃这些有益于美容，还富含维生素，多好啊。"

"我要吃肉啊。肉。净吃些草的话，会变成山羊的！"

"那总比变成猪好吧，别抱怨了，快吃。"

"吃——肉！我——要——吃——肉！肉——"沙罗拍着桌子抗议。

"别吵了！"

"肉——肉——肉——肉！"

"啊啊，心好累。只要和你待在一起，妈妈就会累到不行。那我出门了。"

"你要去哪？"

"去参加妈友们的聚餐会。"

"切，把工作推给我，自己竟然去参加聚会。"

"这也是很重要的工作，作为阎魔家的媳妇，搞好人际关系也很重要。那我走了，吃完了记得洗盘子，工作不要迟到了。"

妈妈摘下围裙，拿着包出门了。

沙罗叹口气，无奈地吃起早餐。妈妈很擅长做料理，所以味道并不难吃。可只有蔬菜总觉得无法满足。

不一会儿就吃完了，沙罗打开冰箱，但里面也没什么好吃的。

"啊，有布丁。虽然不知道是谁的，我就不客气了。"

拿着布丁回到座位，打开平板电脑的电源。

"久违地来检查一番吧。"

那些被沙罗复活的人，他们之后的人生过得怎么样，因为沙罗也负有一定责任，所以她会定期检查。

例如绪方智子，如今已考上志愿大学成为一名大学生，为成为环境活动家努力学习。浜本尚太依旧是一名普通职员，还是没有勇气向喜欢的天野表白，让天野等得很焦急，在工作和私生活两方面都处于停滞状态。君嶋世志辉立志成为侦探而参加了高考，但报考的学校均以落榜告终，现在仍在尝试中。

武部建二被提拔至搜查一课，如鱼得水般大展身手。浦田俊矢，让人出乎意料的是，他突然成为一名陶艺家，现隐居山中，过着如仙人一般的生活，每天转着陶土胚。

外园圣兰和美美组成的搞笑组合"毛刺宝贝"斩获新人漫才[1]头等

1　漫才：日本的一种站台喜剧形式，类似中国的对口相声，起源自日本古代传统表演形式"万岁"，之后在关西地区渐渐发展。通常由两人组合演出，一人负责担任较严肃的找碴儿角色吐槽，另一人则负责较滑稽的装傻角色耍笨。——译者注

奖，一夜间人气暴涨。仙波虎虽然被宣告还剩一年生命，但如今过了一年仍然健在。远山贤斗也已经打起精神好好上学。土田裕太虽然考上了大学，但还是不怎么和人交流，过着寂寞的校园生活。

复活之后，既有生活发生很大变化的人，也有没怎么变的人。总之，大家都在以自己的方式活着。

沙罗一边吃着布丁，一边大致检查完，将数据保存起来。

"不过，这个布丁怎么回事，味道好淡，一点也不好吃！"

吃完后，将空的容器放到桌上。

正盯着电脑看时，寅丸走进了客厅。

"啊！沙罗。"

看到沙罗的脸，寅丸的肩膀微微一震。像在戒备一样，斜眼看着自己的妹妹。

"什么？有事吗？"

"不，没什么。"

"那你那个眼神什么意思？有什么不满吗？"

"我哪有，我什么也没说啊。"

寅丸避开沙罗的对视，快速走开。大概是因为熬夜学习的关系吧，他脸色发白，看上去很累。离考试越来越近了，要是连续四年考不上的话，一定会受人质疑他到底适不适合做继承人。因此在精神方面想必也承受着很大压力。

寅丸是个和平主义者，不喜好争斗。很容易感动，动不动就会掉眼泪。但温柔和软弱其实只有一纸之隔。完全靠不住，还是下垂眼，从长相上看也像意志很薄弱的样子。因此，和沙罗并排走在一起，都是被当成弟弟。

而且寅丸似乎很怕妹妹。

因为从小就被沙罗压得死死的，所以对沙罗的落败意识已深入骨髓。就像被欺负的小孩远远躲着不良少年头目一样。

寅丸走到卧趴在地上睡觉的肥猫身边。

"喵呜，早上好。"

寅丸用手摸着肥猫的背部。这只肥猫很黏寅丸，喉咙里发出咕噜咕噜的声音撒着娇。

"喵呜，为什么你只会说喵呜呢？"

寅丸对肥猫说道，因为灵界的猫都会说话，所以只会喵喵叫的猫对他来说很神奇。

"喵呜，是什么鬼？"沙罗问道。

"这只猫的名字啊，好听吧。因为你一直不给它取名字，所以我就帮它取了。"

沙罗叫这只猫从来都是"猫"或者"肥猫"，因为她觉得没有必要给一个不会说话的生物起名字。就像现在有十朵玫瑰，有必要给每一朵都起名字吗，一并称为玫瑰就足够了。

寅丸轻柔地抚摸着猫的背部，猫则发出咕噜咕噜声回应他。那模样就像两情相悦的情侣打情骂俏一样。

"喵呜，你肚子响得那么厉害，一定是饿了吧。等一下，我马上找吃的给你。"

104

寅丸打开冰箱，取出芝士条，掐成小块，准备喂给肥猫。

沙罗惊得张大嘴巴，目瞪口呆地看着眼前的景象。

"停停停停，这位大哥，你在干吗？"

"什么干吗，给喵呜喂食啊。"

"为什么？"

"因为它都饿得咕噜咕噜叫了。"

"原来是你！你就是那个罪魁祸首！"

"什么罪魁祸首？"

"那不是肚子叫，是喉咙发出的声音。地上的猫在撒娇时，会从喉咙里发出咕噜咕噜的声音。"

"是这样吗？"

"不愧是笨蛋，怪不得连续三年都没考上！"

"不要戳我的痛处！"

"谜题终于解开了。这只猫变得这么肥都是寅丸的错，你要怎么负责。都怪你喂它吃太多，才会胖成这副模样。"

"……"

"你想撑死它吗？别随便喂它，傻瓜！"

"……"

"也得和妈妈说一声，这个笨蛋哥哥，真不知会做出什么事。"

寅丸似乎也反省了，把打算喂给猫的芝士自己吃了。接着他打开冰箱。

"咦，我的布丁怎么不见了？"

接着他望向沙罗的方向，看到桌上放着空的容器。

"啊，是你吃了我的布丁吗？"

"是啊，怎么了？"

"那是我的，你为什么吃掉。"

"是这样吗，我怎么不知道？"

"上面写着我的名字啊。"

"写在哪里？"

"容器的底部。"

沙罗拿起一看，只见容器底部的确写着"寅丸"二字。

"啊，真的哎。你傻吗，一般会写在容器底部吗？这种标记要写在一眼就能看到的地方才行。你就是这种地方笨得要命，难怪连续三年都考不上。"

"不要戳我的痛处！"

"可我已经吃了能怎么办，真遗憾啊。"

"为什么随便动别人的东西。我本来打算留着今天早上吃，还满怀期待呢！"

"我说，布丁这种东西从做出来开始鲜度就会不断下降。所以马上吃掉才是最好的，而且在它最好吃的状态被人吃掉对布丁来说也更幸福吧。留着以后吃的人才是笨蛋。"

"……"

"再说了，布丁也肯定希望被我吃掉，寅丸的舌头根本就好坏不分，你分得出天然矿泉水和自来水的区别吗？"

"……的确分不出。"

"在淘米的水中加入砂糖，说成是可尔必思[1]给你喝的时候，你也说特别好喝。"

"因为你说那是可尔必思，我就那么以为了呀，喝的时候也会觉得这就是可尔必思的味道。"

"也分不清楚伊势龙虾和小龙虾的区别。"

"要是把小龙虾做的味噌汤说成是伊势龙虾，我的确分不出来。"

"还分不清文字烧[2]和呕吐物的区别。"

"再怎么说这个我还是分得出来的！"

"所以说，布丁被我吃掉才更幸福，这不是很好吗？"

"一点都不好！那个布丁是我女朋友为了给我加油打气亲手做的。我是想当作熬夜学习的奖励才留到早上吃的！"

"啊，原来是寅丸的女朋友做的，难怪那么难吃。给我吃这么奇怪的东西，我还想找你要赔偿呢。"

"你说什么！"

"告诉你女朋友，千万别再做布丁了，不然鸡蛋和牛奶太可怜了。"

"你、你这个人……我今天绝不原谅你！"

"哦，不原谅的话，那你想怎样，落考生！"

1　可尔必思：Calpis，日本饮品品牌，诞生于1908年。创始人三岛海云，商品以注重健康为特点，是日本的国民饮料。——译者注

2　文字烧：日本关东地区的特色食品。由面粉糊和各种食材混合后浇在烧热的铁板上烤制而成。——译者注

"呃啊，我真生气了！"

"要动手吗，来啊。你以为你这个万年弱鸡能赢得过我吗？"

大概是察觉到了危险，肥猫迟缓地起身，挪到了房间的角落。

沙罗从椅子上坐起，摆出迎击的姿势。寅丸好像是真的生气了，边发出"喔噢——"的吼声边冲了过来。

咚当、哐昂。

只一瞬间胜负已分。

沙罗抓住寅丸的手腕使劲一拧，寅丸转身背部撞到地上。沙罗迅速用膝盖攻击他心口的位置。

"呜啊……"

被击中要害的寅丸不由得发出呻吟声。

"哼，就凭你，想反抗我还早一百年呢。"

咚……咚……咚……咚……

沙罗吓了一跳。

就像哥斯拉正在靠近一样，伴随着地面震动传来一阵脚步声。

客厅门口，巨人现身了。

眉毛倒竖的阎魔大王，满脸怒气地站在那儿。

"喂！你们两个一大清早在做什么！能不能安静点！我发烧了，头疼得快要炸了知不知道，蠢货！"

因为父亲的怒吼，沙罗、寅丸，还有那只肥猫，以及一部分家具，都像被卷入暴风一样被吹飞了。

父亲"嗝"的一声打了个嗝，又回寝室去了。

咕咕——咕咕——

房间里的鸽子钟表，报告着九点的到来。

"已经九点了啊，得去工作了。"

沙罗站起身。寅丸和肥猫还没有缓过劲来。肥猫因为肉太多，一旦变成四脚朝天的姿势，就像乌龟一样没法自己翻过来。沙罗用脚把它翻回正面。

"那寅丸，我去工作了，记得把我的盘子洗了，还有，千万别再给猫喂食了。"

留下寅丸和肥猫，沙罗走出客厅，回到自己的房间。

脱下睡衣，开始换衣服。打开衣柜，从超过两千件的衣服当中，按照当天的心情进行搭配。

今天的颜色搭配只有黑白两色，走冷酷风。

然后刷牙，吹头发做造型，简单地化妆。化妆只控制在最小限度，就像蒙娜丽莎不需要添加任何多余的笔触一样，已经完美的东西根本不需要过多的修饰。

准备完成，走出房间。

乘上电梯，上到最高层。那里有沙罗专用的工作室。

过去，阎魔办公都是在一处叫阎魔厅的公共机关。但后来远程工作（在家办公）的潮流也传到灵界，于是沙罗便请人在自家建了一间工作室，避免了专程去阎魔厅的麻烦。

为了和阎魔厅区别开来，她给这间工作室取名为阎魔堂。

出了电梯，来到工作室前。用手轻轻一碰墙壁，门就会自动出现，进入房间后，门会自动消失。

纯白的房间。

因为工作前秘书官会打扫，所以房间内一尘不染。

沙罗首先打开冰箱，从中取出一瓶功能饮料喝完，连瓶子一起扔到垃圾桶里，然后坐到皮制的旋转椅上。

面向书桌，打开工作用电脑的电源。确认了今天的工作内容，心里有了一个大概。

之后拿出手机，拨通了阎魔专职秘书官的电话。

"喂，我是沙罗。"

"早上好。"

"今天父亲好像生病了，所以由我代班。"

"是的，皇后大人已经告诉我了。"

"所以呢，怎么样？工作积了很多吗？"

"嗯，虽然昨天是大王亲自出勤，但因为不到中午就早退了，所以昨天的工作也剩了很多。"

"他昨天早退的理由是什么？"

"说是患了风疹。"

"今天又说是急性感冒。那个老头，真是太不拿工作当回事了。那么容易生病，但又绝对不去医院。"

"大王十分讨厌打针，好像是不喜欢针扎进皮肤的触感。"

"我说，不管是做秘书官的你，还是妈妈，都太纵容他了。就应该好好说他一回。"

"就算您这么说，我怎么敢跟大王提意见。"

"就因为你们都这样，他的身边变得尽是些只会点头称是的人，所以他才会飘飘然起来，这样下去总有一天会变成《皇帝的新衣》里的皇帝。"

"您说的是，十分抱歉。"

"十分抱歉、十分抱歉，你只会说这句。"

"是，本人惶恐。"

"啊，算了。赶快把第一个灵魂送进来吧。"

"好的。"

阎魔专属的秘书官，九点时必定会在旁边的房间待命。是整理来到灵界的灵魂的直接负责人。

沙罗从专用衣架上取下红色披风，披在肩上。然后坐在椅子上跷起一条腿，后背靠在椅背上。

正面的墙壁出现一道门，自动打开。

坐在椅子上的灵魂就这样平行移动，来到沙罗面前。

椅子上的灵魂闭着眼睛。

是个年轻的女人。来这里的大都是上了年纪的人，所以年轻人很罕见。

女人很肥胖，大概在两百斤以上。身材臃肿，两个丰满的乳房和全是赘肉的肚子形成了三处凸起。嘴里好像塞满了东西一样，两颊鼓得很高，下巴分成三段。要是瘦下来应该很可爱，真是可惜。

那么这个女人究竟是怎么死的呢？

沙罗看着平板电脑。

电子版阎魔账上记载着女性的生平简述。

年龄四十四岁，死因是焦灼死。

很少见的死因。灵界一共分八十二种死因，但其中大部分人是病死、意外死亡、自杀及衰老。焦灼死，沙罗还是第一次见到。

职业是诗人。

从来没有和男性交往过，对九岁时的初恋一直怀着喜欢的心情。以致最后焦灼而死。

落得这种死法的这个女人的一生……

不一会儿，女人睁开眼睛，一瞬间闪现出惊讶的表情。应该是不知道自己为何在这里，还有这里是何处吧。

"欢迎来到阎魔堂。"沙罗说道。

第3话

沙漠 之鹰

To a man who says "Who killed me."
she palys a game betting on life and death.

03

1

"对不起，兄弟。"

久保达树双手撑地，跪在地上。

"请让我脱离组织，求你了。"

若月组组长——若月穗信两腿叉开坐在沙发上，咬着嘴唇，神情严厉。

房间内只有他们两人。

通常来说，组长身边不可能一个人都没有，至少会有一名护卫。但此刻护卫也被支开了。

若月的表情瞬间缓和下来。

"知道了，随你便吧。"

声音听上去有些寂寞。

若月比自己年长一岁，两人在同一时期加入黑社会，无数次共同出生入死，是拜了把子的兄弟。

"对不起。"

再次额头触地表示歉意。然后抬起脸，在地板上摊开手帕，将左手放在上面，从怀中取出短刀。

拔下刀鞘，将刀刃放在左手小指上。

"住手！"若月叫道，"地板会被血染脏吧，混蛋！"

"但是我得为自己的选择付出代价啊。"

"事已至此我要你的小拇指有什么用，时代已经变了。"

若月站起身，将短刀夺走。

"听好了，不是你要脱离组织，而是我要将你扫地出门。"

"……"

"理由是你动了组里的钱，没问题吧？"

按照规矩，组员不可以擅自脱离组织，除非是不想活了。但若是被组长逐出组织则另当别论。

若月就这样拿着短刀转过身，打开组长室的保险柜，从里面取出三叠纸钞，丢在久保的面前。

"拿去吧，就当是饯别礼。"

"不，我不能拿！"

"别废话，让你拿就拿，混蛋！"

像劈开空气一般的怒吼声。

已经很久没听过的若月的恫吓声，一切在瞬间冻结。

若月从小喽啰的时候开始气势就异于常人了。之前做过拳击选手的他，甚至具有可以冲刺世界冠军的实力。但比那更厉害的是他的胆量，就算面对比自己强大的对手，也会毫不畏缩地发起挑战。

不畏惧死亡，对死亡的恐惧不会限制他的行动。

在黑道的世界里，要往上爬，只能通过实战，两人也是经历过无数个生死关头才有了今天的地位。

"对不住了，兄弟。"

久保拾起掉落在地上的三叠纸钞。

"不要再出现在我的面前。"

若月说完，坐到沙发上，点燃香烟，不再看久保的方向。

久保站起身，深深鞠一躬，走出房间。

离开组长室，径直走到自己的储物柜，将所有的物品全部装进手提包，把里面清空。

他再也不会回到这里。

正要走出事务所时，背后传来声音。

"听说你要脱离组织，是真的吗？"

回过头，身后站着真岛一久。

真岛是若月从小培养的组员的小弟，虽然还很年轻，但在组里已经是干部级别。

也是若月组的好斗派，平时就一副杀气腾腾的样子。十分崇拜若月，有着为了组长随时都可以赴死的决心。

和若月一样，原来是拳击选手。剃着平头，左边的眉毛上有一处很显眼的伤疤，是在拳击比赛中受的伤。在选手时代，曾将一名对手打死在赛场上。当时动了怒气的他，不顾裁判的制止，仍不断击打已经失去意识的对手，最终导致对方死亡。那次比赛之后他便退出拳击界，加入了黑社会。

久保感到后背有冷汗流下。真岛的半径数米之内，空气都十分稀薄。

"啊啊。"久保应了一声。

将视线垂下，避开真岛的对视。

"你捅了什么娄子吗？"

听上去很目中无人的说法，让人很不舒服，但久保继续无视。

"那你今后要退出黑社会吗？"真岛还是不依不饶。

"啊啊。"

"这样的话，能把沙漠之鹰卖给我吗？我出两百万日元。"

沙漠之鹰是一款美国制造的自动手枪，配备44马格南[1]口径子弹，具有强大的破坏力，通过特殊的气体作用方式[2]可减少开枪的后坐力。沙漠之鹰被很多枪械爱好者奉为世界上最完美的手枪，也是久保的配枪，和曾在一段时间内大量走私进来的托卡列夫手枪[3]完全没有可比性。整个日本拥有这款枪的恐怕只有久保一人。

真岛是个枪械迷，掌握的枪械知识堪比专家级别，一有空就会飞到海外进行射击训练。而沙漠之鹰这种程度的枪支，在日本根本没有获取路径。真岛从以前就在拜托久保把枪让给他，但因为久保对这把枪仍有留恋，而且他并不愿意把枪卖给真岛，所以一直拒绝他。

1　马格南：Magnum，相较同一口径装药量较多的子弹，也指使用这种子弹的枪支及枪支品牌。在英文中有容量比普通酒瓶较大一些的酒瓶之意，直接翻译过来就是大号酒瓶。——译者注

2　气体作用方式：Gas-operation，自动手枪采用的一种自动装填子弹的方式。通过利用一部分开枪时弹药产生的高压气体，完成打开弹膛和排出弹夹的动作，自动装填下一颗子弹。——译者注

3　托卡列夫手枪：指苏联TT-33手枪，是苏联枪械设计师费约道尔·托卡列夫于1930年设计，图拉兵工厂所生产的一种半自动手枪。于1930年为苏联采用，成为苏联的军用制式手枪。目前已被淘汰。——译者注

既然要退出黑社会，以后他也用不到枪了。不过，他还是不想卖给真岛。

"我拒绝。"久保回答道。

"那三百万日元。"

"我不卖。"

久保将手提包挂在肩膀上，迈开脚步。

"如果你哪天缺钱想卖了，请一定联系我。"

真岛说道。久保没有回答，径直走出事务所。

两年后。

"请慢走。"女儿里美的声音回荡在店内。

"请慢走。"久保也跟着说道。

刚送走前面的客人，立马就有三位客人走进店里。

"欢迎光临。"里美说道。

"欢迎光临。"久保跟着说。

久保经营这家乌冬面店已经有一年了，如今的他身上早已褪去了黑社会的气息，从里到外都变成了一个正经人。

他脱离若月组正好是两年前的这个时节，其后进入一家熟人开的乌冬面店学习制作乌冬面。人们常说要成为一名能独当一面的乌冬面制作师需要花五年时间，但久保凭着其坚韧的性格，仅用了一年时间就得到了师傅的认可。然后在一年前，租了一间店面，开了自己的乌冬面店。

左手的小拇指还健在。

那时，他是真的想切掉小拇指。

他从心里感谢当时若月阻止了他，如果没有小拇指的话，他就无法擀乌冬面，对平常的生活一定也会产生影响。当然若月给他做饯别礼的那三百万日元也在开店时帮了他很大的忙。

开业的最初半年，生意非常冷清。也没有宣传，只在门外立着一块"中板桥乌冬面店"的不起眼的牌子。剩下的就是不骄不躁，相信自己和自己做的乌冬面。渐渐的回头客一点点增加，店内的桌子终于可以坐满人了。

这个生意收益率并不高，一碗盖乌冬只要三百日元。

使用的材料虽然稀松平常，但他制作的乌冬面是注入了灵魂的。每天都是和面粉的较量，他将全部身心投入到制面中。

"请慢走，欢迎下次光临。"

还是高一学生的里美声音洪亮地说道。

他现在和女儿两人生活，妻子琴美因患白血病已离开人世。

认识琴美时，琴美在酒吧做女招待。久保对她十分迷恋，之后两人结婚，并生下了女儿。但由于久保是黑社会，所以并没有生活在一起，他只是给母女俩生活费，不时去看一下她们。每次去看她们时女儿都很亲近他，但随着年龄的增长，女儿开始明白父亲做的不是正经工作，而且是会遭到世人冷眼相待的一类人，所以渐渐拉开了距离。不过，这也无可厚非，后来久保也会尽量挑女儿不在的时间去见妻子。

得知琴美患上白血病，以及时日无多是两年前的事。

久保为了妻子，决心退出黑社会。向若月说明一切后，若月答应了他脱离组织的请求。他一边在之前就抱有兴趣的乌冬面店当学徒，一边照顾妻子。

琴美在十个月之后去世。

他根本没有悲伤的时间，里美当时才上初三，他必须想办法维持两人的生计。没有公司会雇用原黑社会成员，他只有通过个体经营谋生。他选了一处位置比较好的地带租了一间店面，开了自己的乌冬面店。

店面在大楼一层，他又在三层租了一个房间和女儿一起生活。包括若月在内，他和以前的组员全都断了联系，也没有告诉他们自己的联络方式。

"请慢走！"

里美说着，送走了最后一位客人。

晚上九点多，将暖帘收进店内，在门口挂上"准备中"的牌子。

里美放学后，会马上回到家里，到店里帮忙。店员只有他们两人。

最初和女儿有些僵化的关系如今也完全缓和了。

里美打开自动售票机的锁，取出今天的销售额。将纸钞和硬币装进箱子里，在笔记本电脑中输入今天什么东西卖出多少的营业数据，同时也会记录当天的天气和气温，以及进价、成本率等。这样就可以用图表一目了然地看到每天及每月的数据变化情况。

对经营者而言，和数据对话非常重要。

　　每天都看的话，就会从中发现一些微妙的变化。数据是不会说谎的。等抓到要领后，就可以大致预测今后的走向。例如下个月什么东西大概会卖得很好，什么会卖得不好，还有周三如果是晴天的话什么东西大概会卖出多少，周六若是雨天的话什么东西的营业额会下降多少个点，等等。

　　通过每天的观察和分析，就会总结出像"一刮风做木桶的就大赚"[1]之类的固定法则。只要遵循这个法则去思考，就可以对将来做出预测。不同的店铺应该都有其独特的法则，只有看穿这个法则并将其活用到经营活动中，才称得上是优秀的经营者。

　　不论是良机还是危机，若能提前预测的话，就可以早做准备快速应对。

　　久保在厨房做着最后的整理。

　　里美盯着电脑画面，抱怨道："啊，蔬菜好贵啊，利润被压缩了好多。"

　　"谁叫今年夏天日照不充分呢。"

　　"鸡蛋的价格也涨了，真是的。"

　　今年夏天气温异常低，日照不足的情况一直持续，以蔬菜为中心的食品价格高涨。可店里也不能轻易涨价，所以只能压缩利润。尽管

1　一刮风做木桶的就大赚：古老的日本谚语。表示在世上发生的一件事会在意想不到的地方产生影响。因为一刮风就会扬起风沙，沙子进入眼睛，盲人就会增多，如果盲人都以弹三弦谋生的话，做三弦用的猫皮的需求就增加，猫的数量减少老鼠就增多，老鼠会咬木桶，做木桶的就会赚钱。——译者注

他们已经在尽量使用便宜的蔬菜进行代替了，但可以节约的成本依旧有限。

"为什么我们家的盖乌冬是三百日元啊，怎么没有定成四百日元？"

"嗯——"

师傅的店里就是四百日元，那还是半吊子的自己就三百日元吧，他当时也没想太多就定了。但是，只靠盖乌冬的话基本不赚钱。

"要不干脆改为价格变动制怎么样？"里美说道。

"价格变动制？"

"对，就和加油站一样，依据每天的进货价格决定售价。"

"听起来有点像寿司店的时价。"

"而且超市的价格不是每天都会变吗，为什么只有餐饮店要固定价格呢？"

"嗯，为什么呢，大概是觉得很麻烦吧。"

可能是因为还是高中生吧，里美的想法总是很新颖。也提出了很多已到中年的久保绝对想不到的点子。

例如，中奖号售票机，即给每张票编上编号，然后每天决定一个中奖号码贴在店内。如果买到这张票的话，这张票上的商品就可以不用付钱。不过久保嫌太麻烦没有采用。

但也有几个采用的点子。

例如，子菜单的饭团。原本店里只有鲑鱼和酸梅两种口味的饭团，但听从里美的建议"劳动者更喜欢能耐饿的糯米"，于是在菜单中添加了红豆糯米饭团，结果变成了店里的畅销品。

还有，卷在饭团外侧的海苔，仅仅是添加了一台天然气炉子，使客人们可以自己用火烤成干干脆脆的状态食用，营业额就增加了两成。因为一个小小的创意就可以增加营业额，是女儿教会了他这点。

"要吃点什么吗？"久保问道。

"不吃了，我在减肥。"

里美在晚上九点之后不会再吃东西，晚饭都是在店铺开始忙起来的六点之前吃完。

里美录完今天的数据后，进到厨房卷起袖子，打算清洗还剩一大堆的碗碟。

"啊，不用了，我来洗就好。你应该有作业吧，回房间写作业去吧。"

里美读的是一所升学率很高的私立高中，听说作业量比较多。但她一回家就到店里帮忙，应该没有时间写作业。

"作业？那种东西我早写完了。"

"写完了，什么时候？"

"上课的时候。"

"你在上课的时候写作业吗？"

"是啊，第一节课的作业在第二节课上边听边写，第二节课的作业则在第三节课上边听边写。"

虽然已经有所察觉，但看来自己的女儿真的很聪明。成绩表的分数等级也基本都是最高等级5。做什么事都能很快抓住要领，动作也很敏捷，同时还很从容。

"好像圣德太子[1]啊。"

"什么意思？"

"据说圣德太子可以同时听八个人说话并理解内容，就是可以同时做多件事的人。"

"啊，我的确很擅长同时做两件事情。爸爸，你能做到这个吗？"

里美将左右两手的食指分别竖起来，然后就像指挥家挥舞指挥棒一样，一边用右手画圆形，一边用左手画三角形，而且可以一直持续下去。

久保也试了一下，可完全做不到。左手总会被右手带着画圆形，无法画出三角形。

"我第一次尝试就成功了哦，而且没有练习，朋友当中能做到的，只有我一个人。"

"我就算练习了估计也做不到。"

"还有，你能做到这个吗？"

里美拿过唯一一个卖剩下的红豆糯米饭团，取下两粒红豆。将一粒塞到左边的鼻孔里，另外一粒放在拇指的指甲盖上贴在右侧鼻孔下。

---

1 圣德太子：574年—622年，日本飞鸟时代的政治家、思想家。用明天皇次子，母亲是钦明天皇之女穴穗部间人皇女。在国际局势紧张的情况下派遣遣隋使，引进中国的先进文化、制度，意图建立以天皇为中心的中央集权国家体制。笃信佛教，其执政期间大力弘扬佛教。——译者注

"一二——三。"

里美边用嘴呼吸，同时鼻子发出"哼"的一声。

只见左侧鼻孔内的红豆飞了出来，而右侧鼻孔前的红豆却被吸了进去。也就是说在左侧鼻孔出气的同时用右侧鼻孔吸气。

久保也试着做了一下，果然做不到。只能同时吸气，或者同时出气，两侧的鼻孔无法分别做不同的动作。

"这是什么啊，你是怎么做到的？"

"准确来说，两边并非同时，而是把右侧鼻孔吸入的空气用左侧鼻孔喷出来。因为两个动作在一瞬间完成，所以看上去就像同时在做而已。"

久保按照里美的说明又试了一遍，可还是不行。要怎样把右侧鼻孔吸入空气后换到左侧的鼻孔，他完全搞不明白。

"不行，太难了。"

做着做着两人都觉得可笑，不由得笑出声来。里美也像个青春期的女孩子一样，哈哈大笑起来。

看到女儿身上和年龄相符的孩子气的一面，久保安下心来。

里美很少和学校的朋友出去玩，大概是觉得同龄的孩子太幼稚，没有共同话题吧。虽然有自己的手机，但几乎没见过她玩手机的样子。比起手机，里美更喜欢看书和动脑。

在乌冬面店帮忙也是，与其说是为了父亲，更像是为了自己。即通过在这里积攒社会经验，从中学到一些东西。可能她对经营感兴趣，将来想开自己的店也说不定。

125

里美嘴上说着正在减肥，但还是把刚才的红豆糯米饭团吃掉了。

"爸爸。"

"嗯？"

"关于上大学的事，其实我想去美国留学。"

"美国？"

"还有留学的费用，我想用那笔钱。"

所谓那笔钱，指的是妻子的保险金。琴美为防自己发生什么意外，给自己上了生命保险。那笔钱自然是留给女儿的，因此久保开店时也没有动。

久保微笑着答道："我没有意见，那是琴美留给你的钱。要是用在无聊的事情上则另当别论，不过若是为了对你今后的人生有益的事，那就一点问颣都没有。"

"嗯。"

"你不用担心我，我一个人怎么都能过。"

女儿一定是在担心自己的事吧。

这两年来，他一边照顾妻子，一边从零开始开了自己的乌冬面店。看着父亲努力的背影，女儿也渐渐打开心扉，从心里认可了他。通过照顾妻子，她和女儿得以团结起来，虽然妻子最后还是走了，但能像现在这样和女儿和睦相处，有很大程度是托了妻子的福。

对妻子他只有感谢，她将女儿养育得很好。

里美洗完碗碟，擦干手。

"那我回房间了。"

"好。"

里美从厨房的后门离开。

久保还有其他的工作，他还得为明天的营业做准备。

不过里美想去美国留学还真是让他吃了一惊，不知她是不是有什么梦想。是需要有外语能力的工作吗，或是只有在美国才能学到的东西。

还是高一学生的女儿，竟然已经开始考虑毕业以后的事，这也让他有些吃惊。不过女儿那么聪慧，这点他一点也不担心。

久保一边这么想着，一边做准备。过了一会儿，店铺门外传来敲门声，之后门便打开了。

一个男人走入店内。

"啊，对不起，本店今天已经结束营业了。"

刚说完，久保才察觉到他认识眼前的人。

男人微微颔首向他打招呼。

"好久不见了，久保先生。"

"是宇田川吗？"

宇田川雅幸是他做黑社会时的小弟。

宇田川的脸色十分憔悴。

他穿着一身廉价的西装。黑社会通常会把财富外露，若是这身打扮的话，被人看到一定会以为组织已经没落了。

宇田川在一张客人用的椅子上坐下，久保坐在了他对面。

自久保脱离组织以来，还是第一次和宇田川见面。打算彻底斩断过去的他，既没有告诉过去的小弟们自己新的住址，还改了电话号码。但黑社会若真的想找一个人的话，想必很容易吧。

"所以，今天来找我什么事？"

"事实上——"

宇田川告诉了他若月组即将面临解体的困境。

久保离开组织的这两年间，若月的凝聚力下降。因为主要收入源的地下赌场遭到检举，收入减少，组员也失去了干劲。另外，上缴金也在减少。

"久保先生留下的家底已经被损耗殆尽，但我们又没能找到新的资金源。就像棒打落水狗一样，阿隈组的那帮家伙总来找碴儿，眼看就要打起来了。虽然若月组长再三嘱咐组员们不要理会对方的挑衅，可还是有人违抗，特别是真岛……"

宇田川拿出香烟。

"抱歉，宇田川，店里禁烟。"

"啊，对不起。"

宇田川收起香烟，拿起了茶。看到茶杯空了，久保又给他添了一杯。

事情发展成这样，其实他已经预见到了。

若月和久保两人原本都是阿隈组的组员，但前任组长去世后，围绕下任组长的地位组内分裂为了两派。一派支持前任组长的养女婿阿隈伦彰做下任组长，另一派则支持刚刚崭露头角的新人若月做组长。两派一触即发的斗争因警察的介入最终得以避免，并达成了一个妥协方案，即伦彰继任组长，同时允许若月派脱离组织独立。若真的发展为全面战争，彼此都会遭受巨大的损失，因此双方都同意了这一妥协方案。

若月派脱离组织，带走了约三分之一的组员，成立了若月组。管辖范围也按照规模分割开来，久保自然是跟着若月派。按理说事情到此为止应该算是解决了，但自此之后两个组的对立一直在持续，小争小斗更是从未间断过。

若月组成立后，久保担起了组里的财政重担，首先是开拓资金源。为了不和阿隈组形成竞争，他开始了地下赌场生意，因为地下赌场也不需要太多本金。此外，还有偷渡入境、信用卡欺诈、高利贷等。之后久保开拓的事业成为若月组的主要收入来源。

久保脱离组织之时，将这些事业全都托付给了宇田川。可即便告诉他其中的技巧和窍门，能不能做到和久保在的时候一样则又是另外一回事。这些生意的要点在于如何巧妙地钻法律的空子，找出社会体制的缺陷，在不留下任何踪迹的前提下神出鬼没地赚钱。

想必宇田川做得并不是很好。

原来的事业被警察查抄，但又找不到可以替代的资金源，同时若月的凝聚力也开始下降。屋漏偏逢连夜雨，阿隈组也重新拾起过去的恩怨，计划一举击垮若月组。这就是黑社会的世界，乘人之危是他们的惯用手段。

若是真的争斗起来，获胜的一定是规模较大的阿隈组。且挑衅若月组，让他们先出手的话，事后面对警察的调查也可以有正当的理由。这样一想，阿隈组最先瞄准的对象肯定是暴躁易怒、行事鲁莽的真岛。通常发起挑衅时，瞄准的一般都是看上去会接受挑衅的人。

虽然久保已经预见到了，但他没想到的是他才离开两年，事情竟已恶化到这种地步。

"久保先生，你能返回组织吗，再这样下去的话……"

宇田川弱弱地说道。

久保精通经济，若月组的财政一直以来都由他一手掌管。做生意的头脑也是在那时磨炼的，因此在开乌冬面店时，他也有一定的自信。虽然做黑社会时经商的方法称不上完全正当，但和现在相比，动用的资金和面临的风险都不可同日而语。

"可我已经被逐出组织了。"

"那只是对外的说法吧。"

在黑社会的世界，主动脱离组织就意味着死刑。当然久保也不例外，因为谁想脱离组织便可以脱离的话，对其他组员就没法交代了。所以若月便对外宣称是他将久保逐出组织了。

知道实情的只有若月、久保和宇田川三人。

"事实上，因为这件事组内发生了一些问题。对外，久保先生是因为侵吞组里的财产才被逐出组织，但很多组员都觉得久保先生不是会做那种事的人。还有人认为即便是真的，那些钱原本就是久保先生挣来的，所以也没什么大不了，根本没有必要逐出组织。从阿隈组分离出来的时候也是，很多人与其说是跟随组长，不如说是跟着久保先生来的。久保先生对建立若月组立下汗马功劳，还一手担起财政重担，可若月组长因为这点事就将您逐出组织，这让很多人产生了不满情绪。"

"……"

"甚至还有传言说，组长是因为嫉妒久保先生深受年轻组员信赖，才找借口将您逐出组织。而且事实情况也是，若月组可以说是久保先生在支撑的，组长根本就——"

"喂。"久保阻止道，"不要在我面前这样说我兄弟。"

"啊……对不起。"

"不过，抱歉了，不管事情变成怎样我都帮不上忙。如今的我就是一个乌冬面店的大叔，而且是一碗盖乌冬只要三百日元的乌冬面店。"

久保自嘲地笑道。过去手握几千万资金的动向，可如今的生意却基本都是在数零钱。

"哦，对了，正好你来了。"

久保站起身，走进厨房。打开柜子，挪开米箱，从后面的木箱中取出一个用布包着的东西。

然后拿着那个东西返回宇田川身边。

"这个你拿着吧。"

久保将那把沙漠之鹰放在宇田川面前。

这把枪是为了奖励久保对建立组织的功劳，若月给他的。至于若月是怎么得来的他不得而知。如果卖掉的话一定能卖不少钱，但久保始终没有舍得，可能是内心对黑社会还留有迷恋也说不定。

但如今两年已过，对黑社会的留恋也彻底消失了。

"可以吗？"

宇田川就像第一次拥有手机的孩子一样，眼里闪着光。即便不是枪械的狂热爱好者，也会对这把枪感兴趣吧。

"嗯，我已经没有留恋了。"

宇田川拿起枪，忍不住看了一会儿。

"抱歉，宇田川，你拿着这个回去吧。"

久保正忙着做第二天上午开业的准备。

用鲣鱼干熬高汤，炸天妇罗的食材也要全部准备好，方便客人一点单马上就可以下锅。任何一个步骤都不容疏忽，但凡省去一个步骤，整道料理都会前功尽弃。特别是风味和口感这方面，尤其需要注意。

店内的电视里播放着新闻节目。

店门上应该挂着准备中的牌子，但突然传来几声敲门声，接着门就打开了。

男人什么也不说地走了进来，是个快步入老年的男人。

来人是濑户吾郎，专门负责黑社会的老刑警。

"这不是濑户先生吗？"

"哦，好久不见啊。"

"您来这里是？"

"现在方便吗？"

"因为还要做开店准备，所以并没有多少时间。"

"只要一会儿就好，不需要很长时间。"

"……好。"

两年未见，濑户的样貌没有多大变化。花白的头发，满脸皱纹，还有很多色斑，看上去比实际年龄显老。但肌肉仍然结实，目光锐利。他的眼神中透露出和黑社会一样的危险气息。

濑户自己倒了一杯自助的茶水，喝完后坐在客人用的椅子上。

濑户这个时候来访，想来一定和若月组及阿隈组的争斗有关。

在日本，警察和黑社会之间存在一种微妙的平衡关系。

这种平衡一旦打破，也有可能会发展成连累一般民众的无法控制的事态。

简而言之，就是不能太刺激对方。警察对黑社会不能逼得太紧，而黑社会对警察也需要保持一定的敬意，即要求双方有自制心。

"您找我什么事？"久保问道。

"那我就不拐弯抹角了，昨天宇田川来过吧？"

看来宇田川的行动已经在警察的监视之下。即便在警察看来，两个组也处在一触即发的状态吧。

"是的，来过。"

"你们说了什么？"

"就聊了聊闲话而已。"

"什么闲话？"

"那我不能说。这和律师不能泄露客户的咨询内容是一个道理。

再说了他曾经是我的小弟，来找我倾诉一下烦恼也无可厚非吧。"

瀬户浮现出毒蛇一般的眼神，是那种警察独有的审视对方是否在说谎时的眼神。

"你被逐出组织已经有两年了吧，这两年你和宇田川一直在保持联系吗？"

"没有，我也是时隔两年再次见到他，因为我没有告诉任何人新的联系方式。昨天他突然来找我，我也吓了一跳。"

他现在还摸不准瀬户值不值得信任。也不排除瀬户已被阿隈组收买，在替他们办事的可能性。要是这样的话他现在告诉瀬户的信息会直接传到阿隈组那里。

虽然他无法帮到若月组，但也不想让其处于不利的境地。他不能就这样告诉瀬户自己知道的信息。

"您就是为这个而来吗？看来警察很闲嘛。"

"你不会是想趁机夺取若月组吧？"

"啊？这是什么意思？"

"大家都在传言，你因为怨恨自己被逐出组织，所以指使宇田川在内部接应，帮助你完成排除若月的计划。若月组里现在仍有许多你的拥护者。"

真是闻所未闻，竟会有人这么想。不过，对外他是被逐出组织，因此传出这样的谣言也不为怪。在如今若月组的经营走向衰微，和阿隈组的斗争也日益激化的情况下，各种猜测和臆想都在漫天飞吧。

想必警察也在怀疑这种可能性。偏偏这个时候宇田川来见了自己，所以警察才会找到这里，想知道宇田川来的目的。

　　"传言只是传言。您看看我现在这个样子，就是一个再普通不过的开乌冬面店的，我还能掀起什么风浪呢？"

　　在这种时候被警察盯上并非上策，还是如实告诉他吧。

　　"昨天，宇田川确实来找过我，和我说了若月组现在所处的困境。他希望我能回去帮忙，但我是被逐出组织的人。事到如今已不可能回去，也不想回去，所以我明确地拒绝了他。"

　　"是吗？"

　　"而且我也很困扰，因为我对周围的人都隐瞒了我是原黑社会成员的事，要是传出不好的流言我的生意就没法做了。"

　　除了把枪交给宇田川的事以外，他都照实说了。

　　"若月组的情况真的有那么危险吗？"久保问道。

　　"是啊，你离开之后就一直在走下坡路。而且阿限组也乘虚而入，不断发起进攻。你是若月组真正意义上的智囊，你一走两组势力的均衡便被打破了。将若月组经营的地下赌场告发给新闻机构的也是阿限组。只要新闻报道出来，警察就不得不实施查封行动。就这样，阿限组一点点地削弱了若月组的势力，采取的是断其粮草的战术。等若月组快被挖空之后，便开始发起挑衅，若月组的年轻组员已经有好几个被弄得半死了。可是，现在的若月组即便想要反抗，也没有资金支持。"

　　若久保还在组里的话，一定会展开报复吧。而且，知道有遭到报复的可能性，阿限组也不会轻易发起挑战。

135

这和核武器的制约力是一个道理，就是因为知道己方若投入使用的话对方也一定会使用，才不会轻易出手。可就算对现在的若月组发起攻击，他们也没有还手之力，阿隈组已经看破了这一点。

"不管怎样，这些都和我没关系了。我对自己现在的生活很满足，如今让我烦恼的也就是蔬菜的价格了。"

"看来的确如此，看得出你的獠牙已经完全退化了。"

"是啊。"

"时隔两年见到你，我都吃了一惊。这还是那个被叫作魔鬼的久保达树吗？你的表情完全像变了个人一样。"

"……"

"说你变得窝囊了虽然不好听，但从你现在的脸上一点都看不出会策划什么阴谋的样子。我也安心了，看来那只是谣言。"

濑户的语气里似乎包含几分对久保的鄙视，不过久保选择无视。

"那我走了。"濑户说道，"这个饭团，我可以买三个吗？"

"啊，可以。"

久保在饭团上卷上海苔，装进包装袋里。濑户将钱放到桌上。

"不好意思占用了你的时间。"

濑户边大口咬着饭团，边走出店门。

之后的一个星期什么事都没有发生。

忽然想到若月的事。

若月是久保拜了把子的兄弟，在他还年轻的时候，有次犯了错给组里造成了损失，被当时的组长狠狠训斥的时候，是若月站出来袒护了他。而且，还为了填补损失四处奔走。

若月说要从阿隈组分离出来的时候，久保毫不犹豫地选择跟着他。

久保很敬佩若月，一方面若月是他的兄弟，但同时也是他的向往。为了若月他将自己的能力毫无保留地奉献了出来。

妻子患病，他说想要脱离组织时，尽管有违规矩，若月也痛快地将他"逐出组织"。

若月现在身陷困境，但自己却帮不了他，他觉得这样的自己很没出息。

作为一个男人，他也想尽到兄弟的情义。而且，他可以感觉到身体里的血液在一点点沸腾，恨不得马上投身于斗争的旋涡，燃烧自己的生命。可是，他还有女儿，如果回到黑社会的话，女儿也将暴露在危险之下。

与此同时，身体里还有一个声音在说就这样经营乌冬面店也很好，尽管不会像做黑社会时一样有那种热血沸腾的感觉。

但是，如果这次来的不是宇田川，而是若月本人亲口对他说"回来帮我吧"，那自己真的能拒绝吗？

大概拒绝不了吧。

"欢迎光临。"

每天就这样平淡度日，擀乌冬面，迎接客人，然后收取费用。日复一日。

这样也没什么不好。剩下的人生只要能代替妻子守护女儿的幸福就够了，本应该是这样的……

结束这天的营业，关上店门。

里美今天也在店里帮忙，从售票机中取出今天的营业额，将营业
数据输入电脑。

"爸爸。"

"嗯？"

"下次我可以把男朋友带到家里来吗？"

"哎，你有男朋友吗？"

"有啊，不行吗？"

"不，也不是不行。"

听里美说对方是同年级的学生。

久保一直觉得女儿是个早熟的孩子，也感觉不到对父母的依赖心。

可能是因为这个，女儿没有叛逆期。叛逆期反过来说是一种对父
母依赖心理的体现。若是原本就没有依赖心的话，也就不会反抗了。

里美做什么事都是自己动脑，并按照自己的意志行动。包括在店
里帮忙还有对未来的规划。如果有喜欢的人，大概也会主动表白吧。
即便第一次被甩，也不会一蹶不振，而是继续尝试。所以她就算有男
朋友也不足为奇。

"那我可以带回家吗？"

"可以是可以，不过，带回来要做什么啊？"

"什么也不做，就是介绍给爸爸认识而已。"

"哦，对方是个什么样的人？"

"见了面不就知道了。"

"但没问题吗？你男朋友不会感到害怕吧？"

"没问题啊，有什么可怕的。"

"……"

里美麻利地收拾完，说道："那我先回房间了。"

里美从后门离开，厨房里只剩久保一人。

曾经在黑社会的世界里被大家称作"魔鬼"的男人，不过是听说女儿有了男朋友，内心便动摇起来，如今的他不过是个普通的父亲。

久保突然停住手，看向厨房镜子里映出的自己的脸。

濑户说的没错，和两年前相比，他的神情变得太多了。也可以说是变窝囊了，毕竟每天都要和客人打交道，所以他也刻意不让自己的表情显得恐怖，结果短短的两年就完全变了个样。

现在这副脸孔的话，即使对方的男生来了也不会感到害怕吧。

没错，变得这么窝囊的自己现在就算回到组里，也起不到任何作用。没了獠牙的狼是无法在野外生存的，只能在乌冬面店这个笼子里，安逸地活着。这样就好。

准备好第二天的东西后，久保回到房间。里美已经洗完澡，换上了睡衣看着书。久保也洗了个澡，然后走进寝室。

这天晚上他睡得不是很好。

翌日早晨，里美去上学后，久保一边吃早餐，一边漫不经心地看着电视。

电视画面依旧是熟悉的场景，播放着早间的新闻节目突然，画面右上角出现"若月组组长、射杀"的字样，接着电视里播放出若月组事务所所在的大楼，周围围着一圈代表禁止入内的黄色布条，内侧一群看起来像是鉴定科的人员聚在一起，正在忙着什么。

手持麦克风的男性记者略带戏剧性地介绍着现场的情况。

"昨日凌晨一点左右，在夜深人静的商业街上，传出一声枪响。黑社会组织若月组组长，若月穗信遭到射杀，子弹击中头部。依据现场情况判断，若月组长是在走出事务所大楼时，被事先埋伏在附近的杀手击中，并当场死亡。现场还留有大量的血液，目前杀手仍在逃亡。近来，若月组和阿隈组的斗争日趋激烈，警察也加强了关注，就在这种时候——"

上午在做准备时，久保脑子里想的都是刚才的新闻。

据新闻的介绍，昨天夜里一点左右，若月刚走出事务所大楼，就被事先埋伏好的杀手射中头部，而且是一枪毙命。由此看来，杀手一定有着高超的射击技术，且制定了周密的计划。

果然是处于斗争中的阿隈组干的吗？

除此之外，他想不到别的可能性。阿隈组有神枪手安斋清隆，曾当过雇佣兵，射击技术也在真岛之上。如果真是阿隈组，这将是一个绝对不可以失败的任务，因此起用安斋的可能性很高。

但是，这么做会不会太欠考虑了。近年来，就算是黑社会也不会做这么明目张胆的事，更别说是这样的杀人事件，这不仅是对若月组，也是对警察权力的挑战。搞不好的话，阿隈组自身也会招来杀身之祸。

不知若月组内部现在是什么情况，组长被杀的话，大家一定会展开报复，特别是真岛。那个性急又好斗的真岛，就算是一个人，也会不管不顾地冲进敌营，去取阿隈伦彰的首级吧。此时可能已经在行动了。

若月组失去了首领，现在一定处于混乱之中，不知道宇田川在做什么。

说心里话，他很想去给若月报仇。若他还是黑社会的话，一定已经毫不犹豫地开始行动了吧。

可是，如今他已经金盆洗手了，而且他还有女儿。

久保压制住内心的感情，尽量不去思考这件事。

继续做着开店准备时，店里的电话响了，拿起话筒。

"您好，中板桥乌冬面店。"

"久保吗？"是濑户的声音。

"濑户先生吗？"

"是，你看新闻了吗？"

"看了，果然是阿隈组干的吗？"

"还不知道，阿隈组全盘否认，说和他们没有一点关系，杀手也没有自首。"

黑社会组织之间的斗争引发杀人事件时，凶手多会向警察自首。因为只要吃十年左右牢饭，出来就会被提拔为组织的高层干部，受到这种教唆，甘愿承担杀手角色的组员也不是没有。警察只要能抓住犯人，保住颜面，就不会再深入调查追究。这已经成为警察和黑社会之间不成文的约定。

换言之就是以自首来换和解。可是这次并没有人自首。

濑户继续说道："我们做了现场查证，但没有找到任何杀手留下的踪迹。昨天晚上若月组的事务所内召开了一个小型宴会，所有组员都参加了。若月在中途离席回家，就在走出大楼时，被子弹射穿头部。子弹是从什么位置射出还不清楚，也没有找到弹壳。犯人一定是经过周密的计划，事先就确认好了逃跑路线。"

"当时若月身边没有护卫吗？"

"宇田川在，当时车正好停在大楼前的道路上，就在宇田川打开后车门，若月正要上车时，枪声响起。因为事发突然，宇田川既没看到杀手，也不知道子弹是从何处射出的。"

果然是阿隈组吗，意图杀掉组长，然后一举摧毁若月组。

"这次的事也在警察意料之外，虽然我们已经提高了警惕，但没想到会发生此种暴行。如今两组随时都有可能爆发全面战争，特别是真岛。而且真岛现在行踪不明。"

"若月被射杀时，真岛在哪里？"

"在事务所里参加宴会。听到枪响，知道组长被杀后，就不知道去哪了。"

想必真岛已经开始展开复仇行动了。

"不过，也有传言说，这件事与你有关。"

"我吗？"

"对，说你因憎恨自己被逐出组织，所以杀了若月。"

"怎么可能？！"

"但也只是传言而已。"

"濑户先生相信这种传言吗？"

"我并没有相信，可作为警察，还是需要确认一下的。顺便问一下，昨晚一点，你在哪里？"

"在家里，那个时间的话我已经睡了，因为早上要早起。"

"有人可以证明吗？"

"没有。我女儿虽然在家，但我们不是一个房间。而且家人是不能作证的吧。"

"我也就是问问。我知道这件事和你无关，只是向上面汇报时，如果有证据的话就可以轻松一点。"

"我没有憎恨若月，被逐出组织，事实上也是——"

瞒着也不是办法，久保将事情和盘托出。

他告诉濑户，因妻子生病，自己拜托若月脱离组织，表面上自己是被逐出组织。知道这件事的只有自己、若月和宇田川三人，所以自己没有理由憎恨若月，那纯粹是谣言。

"原来如此。"濑户听上去并没多大兴趣，"与你无关就好。既然已经脱离了黑社会的世界，就不要再回来了。就算宇田川或其他什么人来挑唆，也一定要无视。"

"好。"

刚结束和濑户的通话，门外就响起了敲门声。

店门打开，宇田川探出头来。

宇田川满脸胡茬，看上去很疲惫。应该是一夜未睡吧，眼睛下面有很深的黑眼圈。他向久保微微点头。

宇田川很有可能被警察跟踪，他来这里也可能会引起不必要的误会。可是也不能赶他回去。而且，即使久保不打算回到组里，也想知道目前的状况。

"总之进来吧。"

久保将宇田川迎进来，坐到椅子上。

"没有警察跟踪我，我是确认好后才来这里的。"

宇田川开口说道，大概是察觉到了久保的担忧。

"真的是一眨眼的事，组长刚从事务所大楼出来就遭到射杀。突然传来一声枪响，然后组长就倒下了……"

"杀手是阿隈组的人吗？"

"嗯，除此之外没有别的可能性。阿隈组大概是想一举摧毁我们吧，事实上现在组里也乱作一团，大家就像无头苍蝇一样。"

"我提前说明，我没有可以帮到你的地方。"

宇田川直直地盯着久保。

"嗯，我知道。"

"你在这儿待着好吗，现在若月不在了，就只有你能把组员们团结在一起了不是吗？"

若月组因为成立时间不久，组员也都很年轻。若月死后，论资排辈应该由宇田川或真岛成为下任头目，但真岛喜欢独断专行，不擅长领导他人。而且濑户也说了他现在行踪不明。

"嗯，但我想着还是把这个还给你。"

宇田川从怀中掏出一个用手帕包裹的东西，放在桌上，取下手帕。是沙漠之鹰。

"阿隈组好像想要久保先生的命。"

"我的命？为什么？"

"阿隈伦彰至今仍未原谅离开组织自立门户的若月组长和久保先生。如今若月组长不在了，久保先生可能会成为下任组长，对阿隈组来说，他们绝不想看到这种事发生。为了了结过去的恩怨，在解决掉若月组长后，阿隈组很可能将枪口转向久保先生。"

宇田川将手帕折起来收进怀中。

"如果是我杞人忧天那样最好，但为了以防万一，这个还是久保先生留着护身用吧。"

"好，有这种可能性存在的事我会放在心上。"

"我个人来说，如果久保先生能回来当组长那就再好不过了。"

"抱歉，我没有这个打算。"

宇田川还是那个表情。

"请您当心，我来就是为了说这个，那我这就走了。"

宇田川最后盯着沙漠之鹰看了看，然后站起身，鞠了一躬走出店里。

久保停下开店的准备工作。店门口仍旧挂着"准备中"的牌子。

他将沙漠之鹰握在手中。

确认触感，里面装有子弹。

脱离黑社会的这两年，他一次都没有做过保养。但宇田川好像拆解过进行了保养，枪身被擦得锃亮。

枪在手中，心情也逐渐高涨起来。

若遵从本心，他也想像真岛一样在愤怒的驱使下，立刻去找阿隈组报仇。可血液却很难沸腾起来。即使感到很愤怒，但就是到达不了沸点。一想到妻子和女儿，这股感情就会被压下去。

女儿的安全比什么都重要，无论如何都不能让女儿陷入危险之中。

将沙漠之鹰别在腰间，以便随时应对突发状况。

正在贴纸上写"因本店临时有事暂停营业"的告知，准备贴到门外时，后门猛地被推开了。

"我回来了。"

是里美从学校回来了，但因为察觉到店内没有开灯，里美停住脚步问道："哎，这是怎么了？"

"里美，过来坐到这边。"

"出什么事了？"

面对父亲严肃的表情，里美显得有些茫然。

里美知道父亲曾是黑社会成员的事。但久保只告诉了她自己已经金盆洗手，并没有说明具体的情况。里美可能也看到了电视报道，但她应该不知道父亲原来就是若月组的成员。

　　可以将里美当成大人看待，只要把真实情况说给她听，她一定可以理解，并做出正确的判断。

　　久保将事情一五一十地告诉了里美。

　　"我并不打算做回过去的营生，但即便我没有这个意思，火星也有可能溅到我身上。万一危害波及店里的客人就不好了，所以我想暂时停业一段时间。"

　　"那要到什么时候？"

　　"还不清楚。直到可以确认完全安全的时候，当然也要看调查的进展情况。"

　　"不能去找警察商量吗？"

　　"没有用的，即便和警察说了，警察也不可能派人保护我们。自己的安全只能自己保护。不过，警察当中有我认识的人，可以打听到消息。"

　　"……"

　　"我自己也希望火星不会飞到这里，是我想太多了。但是，还是要做好迎接最坏的事态的准备。直到可以确认完全安全为止，我们必须摸着石头过河，慎之又慎。"

　　"这样啊……"

　　里美不安地说道。不过，她的神情虽然很严肃，但眼里仍保持着理性。

　　"这里太危险了，所以我订了酒店。你姑且在那边住一个礼拜，

学校也最好别去了，我会联系学校，就说是丧假。住在酒店里的话，

黑社会也无法轻易出手。这些都是为了以防万一，即使是一分一毫，

我也不想让你陷入危险之中。"

"那爸爸你怎么办？"

"我留在这里。"

"你也和我一起去酒店不是更好吗？"

"那不行，不是说这个地方本身有危险，而是我在的地方有危

险。因为他们的目标是我，所以你不能和我待在一起。"

"但是……"

"听话，没时间多说了。这一周尽量不要出酒店，如果有什么

事，就马上报警，知道了吗？"

"……"

"去房间整理一下行李吧，我会给你一张现金卡，买东西的时候

就用这张卡。"

二人一起回到房间，将必要的东西装进行李包。

里美是个聪明的孩子，既没有问多余的问题，也没有撒娇。而是

冷静地分析状况，试图找出最合适的办法。

久保叫了一辆出租车，没过一会儿，出租车就到了店外。

"到酒店房间后，给我打电话。"

"嗯，爸爸你也要小心。"

"好。"

"不要回到黑社会啊，绝对。"

"放心吧，不会的。"

"求你，千万别死。"

"好，知道了，快走吧。"

里美坐上出租车，逐渐远去。

店里只剩久保一人坐在椅子上。

电视一直开着，里面播放着新闻节目，但并没有关于案件最新进展的报道。

警察应该是将此案定性为杀人案件在展开调查吧，可是当时就连在案发现场的宇田川也没有看到杀手的脸。杀手从远距离射击若月的头部，而且是一枪毙命，逃走时连一个弹壳都没有留下。阿限组有这等技术的，只有安斋一人。

警察迟早会强制搜查阿限组，但如果他们事先就制定好了万全的计划，可能很难找出证据。只要杀手躲着不出来，警察一时也抓不到他。所以说，事件什么时候可以结束，还完全无法预计。

这时手机响了，是里美打来的。

"喂，里美吗？"

"啊，爸爸，我刚办理完入住手续。"

"是吗，那我就放心了。"

"爸爸你那边没事吗？"

"嗯，什么事都没有。这次本来就是为了以防万一，也有可能对方根本就没把我放在眼里。只是小心为上罢了。"

久保又叮嘱了一遍里美不要外出后，才挂了电话。里美的语气听上去很平静，看来她已经理解了目前的状况，并能够冷静应对。

沙漠之鹰就别在他的腰间。

可是，真的遇到紧急情况时，他也不知道自己能不能很好地使用，因为他一次都没有用这把枪射击过。即便是黑社会，也很少有用枪的机会。大多数时候枪不过是个装饰，顶多拿来威胁一下敌人。

像真岛一样，专门飞往海外进行射击训练，对比各种枪械性能的枪械迷，在黑社会里也很少见。

若月的葬礼应该会在近期举行，但久保不打算去。要是久保出现在若月的葬礼上，很有可能引起若月组及阿隈组，还有警察不必要的猜想，认为他有什么图谋，或是企图重新回归黑社会等。

两个组织之间的关系正处于高度紧张的状态，已经交织着各种各样的传言和猜想。所有当事人都很不安，变得疑神疑鬼，所以臆想才会不断膨胀。要是久保在这个时机出现的话，只会让猜测变得更加夸张而离谱。

为今之计就是什么都不要做，然后静静等待事情结束。

只能等到杀手被抓住。

只要杀手仍在持枪潜逃，警察就会全力展开搜捕。如此一来，案情在一定程度上应该会进一步明了。

晚饭久保简单吃了点乌冬面。

比起待在三层的房间里，待在店里更让他安心。可能是因为待在这里的时间要比房间多得多的关系吧。

150

一天之中从早上起来到晚上休息，他几乎寸步不离厨房，如今这里就是自己的战场。

时间一点点流逝，新闻依旧没有后续报道。

天已经完全黑了。

"哈啊。"

不由得打了个哈欠，长时间绷紧神经总忍不住疲倦。但是，即使现在上床睡觉大概也睡不着。

就像濑户说的，自己的獠牙可能真的退化了。

如果是以前的话，就算不睡觉他也可以长时间保持紧张状态。相反，想要睡的时候，无论在哪儿都能睡着。如今的他已经失去了这份魄力，完全习惯了早睡早起的乌冬面店生活。

这样想着，突然间就像是身处梦境一般。觉得不可能会有人想要他的命，这都是自己的妄想而已。

就在这时，久保感到背后好像有人。

他迅速想要拔出腰间的沙漠之鹰，但在那之前，有什么东西抵住了他的后脑。

是枪口。

久保还没反应过来，头就爆开了——

2

久保睁开眼时，坐在一张坚硬的椅子上。

就像要和椅背保持平行一样，后背挺得笔直。两腿乖乖地并在一起，对于平常总是分开腿坐的久保来说，这种姿势应该很拘束，但不知为何他并没有这种感觉。

纯白的房间，墙壁、地板、天花板都是白的。就像是新建成的一样一尘不染，被柔和的光线包围着。

没有任何味道，空气异常清澈。就像在梦境中一般，有种轻飘飘的感觉，十分舒适。身体也很轻快，好像长了翅膀一样。

即使静下心仔细聆听，也听不到任何声音。与其说是安静，不如说像是空间和时间都静止了。

眼前是一位少女。

坐在皮制的旋转椅上，正面向桌子写着什么。虽然只是背影，看不到正脸，但黑色的短发柔顺且有光泽，脖颈白皙透亮。他从没见过这么美的背影。

少女愉快地吹起口哨，从旋律中久保听出她吹的是《津轻海峡冬景色》[1]，不过加入了一些流行歌曲的曲调进行了改编。虽说是口哨，但声音清晰而准确，简直就像在吹口琴。

"OK."少女自言自语道，"今天进行得很顺利呢，看来可以提前结束工作。"

少女在写好的纸上盖上印章，将其扔到写着"完成"的文件盒里。然后回过头来。

1　《津轻海峡冬景色》：是日本著名演歌歌手石川小百合于1977年发行的单曲。由日本著名作词家阿久悠作词，三木刚作曲。——译者注

犹如天仙一般的美少女。

年龄在十五到二十岁之间，但五官非常凌厉，有一种成熟女性的知性美。闪亮的大眼睛，睫毛向上翘起，鼻梁高而挺，微微嘟起的嘴唇上涂着淡粉色口红。

上身穿一件有着细小褶皱的白色罩衫，下身是白色迷你裙。虽然都是比较透的材质，但事实上并看不到里面的内衣。细长的双腿露在外面，脚上穿一双白色运动鞋。从上到下都是白色，只有脖子上围着的海军蓝色披肩起着调节作用。

女孩的穿着打扮非常讲究，连指尖都不放过。也因此会让人产生是否有些用力过度的感觉，可穿在女孩身上就不会有这个问题。只是她左耳上戴着的红色心形耳环，显得和整体有些不搭，让人感觉有些稚气未脱。

而最引人注目的就是少女披在身后的那件赤红色披风。那红色非常刺眼，让人忍不住联想到炽热的鲜血。对少女来说尺寸又大，又显得很碍事，不知为何她会披在身上。

从整体来看，少女给人的感觉是不拘泥于常识，也毫不在意周围人怎么看，只是按照自己的想法，穿自己想穿的衣服。性格自由奔放，是一位拥有强烈的自我意识的现代女性。让人感觉不仅不会听大人的劝说，还会反过来有理有据地驳倒大人。

总之就是仅一眼就可以给人留下深刻印象的女性。释放着强烈的个性信号，怎么也不会淹没在人群中。

"欢迎来到阎魔堂。"少女说道，"久保达树先生是吗？"

"嗯，是的。"

少女看向手中的平板电脑。

"哦哦，什么啊，这家伙是黑社会啊。"

少女瞥了久保一眼。久保似乎感受到了杀气，后背一凉。那眼神里含有对黑社会这个职业的蔑视。

"嗯，你的父亲是久保晋三，母亲百百子。你从小就容易冲动，经常打架。双亲都在工作，基本上都是将你寄放在保育所，很少管你。在寂寞中长大的你出于逆反心理，在青春期开始走上不良之路，成了一个谁也治不了的坏小子。但同时你也有着关心同伴的温柔一面，加上气度不凡，于是变成了统领当地不良少年的领袖人物。之后被黑社会挖掘，加入了阿隈组。"

"嗯，大致就是这样吧。"

"和同一时期加入的若月穗信是结拜兄弟。你本身就是容易吸引人的性格，加上有一颗宽容心，不计较他人的失败，因此很得众望。另外，在经营方面也颇有头脑，就这样在组织里崭露头角。但随着上一代组长去世，组织分裂为伦彰派和若月派。最终虽然以若月派脱离组织告终，可那时结下的恩怨至今仍在延续。"

"没错。"

"你作为若月组的财务负责人，负责所有财务方面的事务。为了不和阿隈组的产业产生冲突，开始了以前就曾考虑过的地下赌场事业。另外，还有走私货物、放高利贷等。这些成了若月组的主要收入源。"

　　"阿隈组的主要收入源是毒品和卖淫产业。为了避免和他们因为争夺顾客而打起来，所以我避开了这些生意。最重要的是，我不喜欢毒品和卖淫。"

　　"和当时还是陪酒女的琴美结婚，并生下了女儿里美。但因为你黑社会的身份，并没有一起生活，只是定期给两人生活费。可是，不久后妻子患上白血病，且所剩时日无多。你得知后，为了陪妻子度过最后的时光，决心脱离黑社会，并找到若月直接说明情况。若月体谅你的心情，很痛快地将你逐出组织。之后你一边和女儿一起照顾妻子，一边开始在以前就抱有兴趣的乌冬面店当学徒。妻子去世之后，现在和女儿一起操持着自家的乌冬面店，每天过着忙忙碌碌的生活。"

　　"嗯，是啊。"

　　"总结来说，就是佯装仁义道德的臭黑社会久保达树先生没错吧。"

　　"随便你怎么说吧。不过，为什么你会对我的事知道得这么清楚？"

　　"因为阎魔是千里眼，所有的事都逃不过我的眼睛。"

　　"阎魔？……你到底是谁？"

　　"我是阎魔大王的女儿，名字叫沙罗。"

　　"你说的阎魔指的是阎魔大王吗？"

　　"是的。"

　　"啊，你在开玩笑吧？难道现在流行这种角色扮演？"

　　"不是玩笑也不是角色扮演。这个红色披风就是阎魔的标志。阎魔大王并非人类空想的产物，而是真实存在的。这里叫阎魔堂——"

沙罗解释道。

据她所说，人死后灵魂会脱离肉体，来到阎魔堂——也就是这里，接受对生前行为的审判，以决定是上天堂或下地狱。这点和人类所认为的一致。

原本在这里的应该是沙罗的父亲——阎魔大王，可他今天因为过劳提出罢工，因此由沙罗代为履行职务。

久保终于理解了自己所处的状况，虽然难以置信，但感觉告诉他这就是真的。而且，他现在才发觉，自己的身体完全动不了，可以动的只有脖子以上的部分，且活动范围有限。

他能做的只有看、听、说这三个动作，其他的所有行动都被封住了。

最重要的是，这里毫无现实感，但又不像是梦境或幻觉。就像沙罗说的一样，这里是处于另一个次元的完全不同的世界，这样解释最为合理。

"……也就是说，我已经死了吗？"

"是的。"

"所以我才会来到阎魔堂，而且只有灵魂。感到身体很轻快，还有不能动都是因为这个。"

"正是如此，你能理解就好。"

"可我是怎么死的？我怎么完全想不起来，生病吗？还是意外？"

"都不对，是射杀。"

"射杀？"

"在乌冬面店里，被枪射穿后脑。"

"……啊！"

想起来了。久保在店内，感到身后有人，想拔出沙漠之鹰时，敌人先他一步开枪。自己被杀死了。

久保感到一阵茫然。

他的第一感觉就是自己果然变迟钝了，分明一直在警戒，可直到敌人的枪口抵住自己的脑袋，自己竟然毫无察觉。

可是谁杀了他呢？

"那个，沙罗对吧。是谁杀了我？"

"我不能告诉你。"

"为什么？"

"这是灵界的规定，本人生前不知道的事是不可以告知的。"

"是这样吗？"

杀手是如何进入店内的呢？

后门是上了锁的，而且那种锁用一般的方法很难撬开。但若是这方面的行家，也并非完全不可能。或者说是通过窗户进来的吗？如果有专业工具的话，也可以不发出声音就割破玻璃。即便是发出一点声音，也会被店内开着的电视的声音盖过去。

不管怎么说，暗杀自己的人绝对是专业的。而且自己的死一定和杀害若月的案件有关。

犯人是阿隈组吗，难道是安斋？

沙罗突然说道："那你就下地狱吧。"

"啊，等一下。"

"不等，再见。"

"等一下，为什么我要下地狱呢？"

"因为你是黑社会啊，黑社会怎么可能上天堂。"

"啊，对，也是啊。"

"你决心要当黑社会时，难道没有做好要下地狱的心理准备吗？"

"我也没想那么多，而且我本以为人死后会化作虚无。可我现在已经不是黑社会了，我早就金盆洗手了。"

"那也不能抹除你过去做过黑社会的经历，以及你犯下的恶行。就像即使已经戒烟了，但已经吸进去的致癌物质也会停留在体内，继续侵害人体的健康一样。"

"你这么说也没错。我懂了，下地狱可以，但我要知道是谁杀了我。"

"我说了不能告诉你。"

"里美怎么样了，她没有危险吧？"

"这和我有什么关系。"

"等等，我可以下地狱，这是我自作自受。但里美是无辜的，请一定要让她没事，拜托了。"

"我不要。"

"拜托了，救救我女儿吧。"

"不行。"

"为什么啊，是阎魔的话，这点力量肯定有的吧？"

"不，其实阎魔并没有太大的力量。毕竟每天都有这么多人死去，光是处理事务性工作就忙得不可开交了。不过，若是阎魔想的话也并非无法改变，可那样太麻烦了。而且原则上灵界是不能干涉人间的。不管人类是相互伤害，还是发起战争，阎魔一律不会干涉。如果人类因此灭绝的话那也没有办法。阎魔只是记录人们生前的所作所为，并在死后做出审判罢了。"

"我女儿和这件事毫无关系，我可以下地狱。但请救救我女儿！"

"不要。"

"拜托了，沙罗，我女儿她——"

"啊啊，烦死了！"

沙罗脸上浮现出烦躁的表情，瞪向久保，眼神中包含着对黑社会这种人的生理性厌恶。

"你女儿是死是活和阎魔有什么关系，这都是你自己造的孽。既然当了黑社会，原本就不该结婚，也不该生下孩子。既已投身黑道的世界，就不要幻想世俗的幸福。

"是你自己背弃了自己选择的道路，现在的一切就是对你的报应。既然做了黑社会，就不该希求家人。背弃自己选择的道路，忘掉初心的责任全部都在自己身上。

"即便你的女儿被杀了，那也是你招致的后果。你自己造的孽，竟然要堂堂的阎魔大人为你擦屁股，区区一个人类，你有什么资格提要求。什么叫和我女儿无关，也不看看你们这些黑社会干过多少伤天害理的勾当，将多少无辜的人卷入过纷争。因为你建立的地下赌场倾家荡产、妻离子散的也大有人在。不要在轮到自己的时候就说些天真的话！"

沙罗就像赛马的实况转播讲解员一样，流畅地一口气说了下来。因为正如她所说的一样，久保完全没有反驳的余地。

自己还是黑社会时，要说有没有将无辜的人卷入过纷争，他也不能否定。对因为还不起高利贷半夜逃跑的男人穷追不舍，甚至还向他的家人和恋人逼债，这样的事他也做过。

沙罗一改可怕的表情，切换为冷酷的模样。

"因此，下地狱去吧。要说犯的罪过，数都数不过来，只要是你待过的组织犯的罪行，都会算到你身上。那么再见了，好好享受无间地狱之旅吧。再见……欸？"

沙罗看着平板电脑，露出吃惊的表情，用手指操作着屏幕。

"怎么了？"久保问道。

"有人为你提了保命请愿书，是你妻子琴美。"

"琴美吗？"

沙罗盯着平板电脑，沉默了大约三十秒。

"你妻子琴美的一生过得非常艰辛。生父不明，被贫困的单亲妈妈抚养长大。母亲靠陪酒谋生，但在酒和弹子球的消磨下，开始变得颓废，一喝酒就会动手打女儿。琴美同时还接受着和母亲同居的男人的虐待。因为一次暴打，导致头盖骨骨折，险些丧命。因这件事母亲和同居的男人被捕，琴美被送到儿童福利院。

"但是，已经脱离正常轨道的人生是不可能那么容易恢复的。由于没有受过高等教育，找不到工作的她做起了卖酒女。不知被多少男人欺骗，就在她身心俱疲，就像复制了母亲的人生一样，陷在泥沼中无法自拔时，她遇见了你。你丝毫不在意她的过去，将她作为一名女性以诚相待。虽然你是黑社会，但她仍和你结了婚，还有了孩子，每月还会收到你寄来的足够她们生活的生活费。

　　"她尽自己最大的努力抚养女儿，为了不让女儿变成自己以及母亲一样的人，让女儿读了很多书，让她去学各种东西，总之为了女儿能做的她都做了。最终将里美抚养成了一个独立自强的好孩子。尽管自己的人生背负了许多无从选择的苦难，但为了不让女儿走上与自己及母亲一样的道路，斩断这种命运的锁链，她拼尽了全力。尽管因病早逝，但为了奖励她的功绩，灵界为她授予了铜卡。"

　　"是这样啊，我都不知道。"

　　"啊，这是你不知道的事，是不能告诉你的。我怎么又说漏嘴了。"

　　的确关于琴美的过去他一无所知，因为琴美好像不太想提起的样子。而且将心比心，自己的过去也没什么好提的。

　　他只是单纯地喜欢上了琴美这位女性。

　　"话说回来，铜卡是什么东西？"

　　"就是人生的铜牌。对人类全体做出贡献的人会得到金卡，对社会的发展做出贡献的人是银卡。虽然不像以上两种人有那么大的贡献，但作为一介市井小民，仍努力过完自己一生的人，就会得到铜卡。"

　　"有那个的话会怎么样？"

"死后可以在天国受到很多优待，例如等待自己所爱的人来到天国，然后一起转世再生。"

"那琴美现在也在天国守护着里美吗？"

"是的，不过我刚才也说了，灵界不能干预人间的事。所以也只是看着，无法出手相助。"

"是这样啊。"

"琴美很担心做过黑社会的你死后会下地狱，所以想通过让出自己的德行，避免这种结果，因此才提交了保命请愿书吧。"

"那这样我就可以不用下地狱了吗？"

"并不是，请愿只是请愿，至于怎么决定，依旧取决于阎魔的判断。不过，嗯，该怎么办呢……"

沙罗噘起嘴唇。

久保说道："那到底是谁杀了我啊？"

"就说了不能告诉你。"

"可是，你刚才不也无意之中说了我不知道的事吗。就像刚才那样告诉我不就行了吗？"

"刚才是我的失误，不小心说了出来，但明知故犯就不行。"

"什么啊，那还不是在你一念之间。"

"没错啊，因为说到底这些规则都是阎魔制定的。"

"到底是谁杀了我，果真是阿限组吗？"

"你真的想知道吗？"

"当然了，就这样不明不白地死去我死也不会瞑目。"

162

"嗯，那这样吧。我很讨厌黑社会，所以想直接让你下地狱，可有铜卡持有者为你提出的保命请愿书，加上你也表示'无论自己怎样，都想保护女儿'，这种情况就另当别论了。不过灵界不能直接干涉人间事，即使你女儿被杀了，也只能看着。换言之，你如果想保护自己的女儿，只能重新回到原来的世界。"

"嗯。"

"因此，那就来一场'死者复活·解谜推理游戏'吧！原则上你生前不知道的事我不可以告知，但你可以自己通过推理得出答案。你若可以推理出是谁杀了你，我就破例让你复活。"

"真的吗？不，这是不可能的吧，杀手难道不是阿隈组吗？而且，先不说这个，线索也太少了吧，这要怎么推理？"

"不对，能够锁定杀手的线索已经全部集齐了，现在仅凭你脑海中掌握的信息就可以推理出杀手。"

"是这样吗？"

"怎么样，你要接受吗？"

"我要是不接受呢？"

"毕竟有琴美的保命请愿书，就让你去天堂吧。"

"那我若是接受，但没有得出真相呢？"

"那就下地狱，作为让你复活的交换条件，你也要承担一定的风险。"

久保思考了一瞬间，但马上就得出了结论。

他要赌这次机会。

若下地狱也只是自己一人，现在应该优先考虑的是女儿，为了保护女儿的安全，只有复活这一条路。

而且线索已经集齐了。

长年身处黑道的世界，黑社会靠的就是心理战，策略尤为重要。因此对于揣度对方的心思，掌握其心理，他有一定的自信。解读双方的势力关系，推测出我方若这样做之后，对方下一步会怎样做。如果做不到这一点，也就是无法预测未来走向的话，是无法在黑社会的世界生存下来的。这当中就包含了推理能力。

"线索真的已经集齐了吗？"

"是的。"

完成拼图需要的方块已经集齐了，只要将它们镶嵌到正确的位置，一幅完整的图——也就是真相就会浮出水面。

"我接受。"

"好的，限时是十分钟。"

"开始。"

说完，沙罗舔了舔嘴唇，收拾了桌子，拿出一块平底烤盘，然后插上电，打开开关。

"那么，来吃午饭吧。"

从冰箱中取出一个陶制的罐子，里面装的好像是文字烧的材料。将铁板烧热，底部刷一点油，把材料倒上去。

铁板发出滋滋的水分蒸发的声音。

　　搅拌材料的动作非常熟练，让人不禁怀疑她是不是在这种店里打过工。不过她本身看起来运动神经就很好，感觉可以用五秒跑完一百米。

　　不一会儿就飘出香味，等差不多熟了，沙罗直接拿铁铲喂了一口到嘴里。

　　"好好吃！"她脸上浮现出孩子一般的笑容。

　　久保不知不觉就看呆了。

　　明明久保就在自己眼前，但沙罗好像毫不介意的样子。

　　他经常会在电车里看到吃东西或是化妆的女孩子，但那仅是迟钝和不顾及他人感受的体现。或者说是以自我为中心，只看得到自己，对周围完全不在乎的自私无脑的人。

　　而沙罗与她们不同。她是真的不在意，不管周围的人怎么评价都无所谓。因为已经形成了完整而独立的人格，所以不会顾及多余的事物，全都按照自己的节奏进行。豪爽豁达，具有超强的存在感。

　　久保不由得在内心感叹，他真是遇到了一个不得了的人。

　　包括做黑社会的时期，他至今为止接触过各式各样的人。但从没有一个人能达到这种高度。不过这也是理所应当吧，毕竟她可是阎魔。

　　久保切换思路，将精力集中到推理上。

　　首先回忆起被杀时的情况。

　　久保当时在乌冬面店，店里一直开着电视。杀手应该是通过后门或是窗户进入的。然后悄无声息地来到久保身后，将枪口抵在他后脑并开枪射击。

此人绝非外行，也不是热血上脑、莽撞行事的人。而是手法熟练，沉着冷静地达成目的的暗杀者。考虑到久保也可能有枪，所以才制定了这一可以切实除掉他的暗杀计划。

杀手是谁？果然是阿隈组吗。

因为原本就是阿隈组的组员，所以阿隈组的成员信息他基本都掌握。

可以想到的有一人，那就是既有胆量，也有杀人经验的安斋，像是这次除掉自己这种任务的话，安斋想必绰绰有余吧。但是他没有证据，即使杀手真的是安斋，仅凭这种理由根本不足以说服沙罗。

沙罗说过，凭借他现在脑海中掌握的信息就可以找出杀手。如果安斋是杀手，也就意味着他脑海中有着某些切实的证据能够证明这点。

枪声怎么样？

安斋和真岛一样，是枪械的狂热爱好者，也有很多收藏，且每一把都兼具高性能与实用性。

枪支不同，发出的枪声也有所不同。嘭、叭、砰、啪、嘣等。根据枪声的特征，或许可以分辨出枪支的类型，就和乐器一样。价格低的枪，声音听上去也很廉价，高价的枪，声音听上去也很美。或是可以分辨出是左轮手枪还是自动手枪，以及枪身的长短及口径。若是装了消音器的话，枪声也会减小。

从枪声的特征上，能判断出射杀自己的枪是安斋的收藏品之一的话，或许可以成为证据。

　　但久保是当场死亡。枪口抵在后脑的一瞬，犯人便开了枪，他的脑袋瞬间开花，根本就没有听到枪声。

　　那要如何锁定犯人？久保并没有看到犯人的脸，甚至连脚步声也没有察觉到。

　　要是能检查子弹的话……

　　子弹从枪支中射出时，会一边旋转一边通过枪管，因此子弹会受到损伤，这种损伤被称为"膛线痕"。因为每支枪都拥有其独特的痕迹，也就相当于枪支的指纹。因此只要调查子弹的话，就可以查出它是从哪只枪支中射出的。

　　但如今自己身处灵界，根本无法调查。况且，应该根本就不需要这种物理性的证据，因为只凭自己现在掌握的信息就可以推理出杀手。可要怎么做呢？

　　"两分钟过去，还剩八分钟。"沙罗说道。

　　时间过得好快，他必须加快思考的速度。

　　沙罗说过推理出犯人所需要的所有线索已经集齐了。那就先把自己掌握的线索做个整理吧。

　　事情的开端是宇田川到访的事。因为和阿隈组的对立日益激烈，若月组处于非常危险的境地，所以宇田川来拜托他回去。当然，他拒绝了。第二天，知道宇田川来找过他的濑户也来到店里。

　　两组之间的关系异常紧张这点应该是事实。

　　阿隈组因为过去的分裂事件，一直怨恨着若月和久保。若月派分离时带走了组里三分之一的成员，由此阿隈组的经营日趋衰微，而若月组却因为开拓了地下赌场等事业势力逐渐壮大。然而，随着久保的离开，若月组开始弱化。于是阿隈组便企图趁此机会，一举击垮若月组。他们先杀了若月，又杀了久保，为以前的恩怨做了了断。之后还打算进一步摧毁若月组，夺回势力范围。

是这样吗？

可是，若果真如此的话，做法也太鲁莽了。从黑社会的常识出发考虑，根本就不可能。

事实上警察也已经开始了调查。因为在光天化日之下发生这种杀人案件，警察也无法坐视不理。如此一来，阿隈组一定会受到强制搜查，之后还会处于警察的监视之下，生意也会变得不那么好做。

在这种情况下，为了保住警察的颜面，一般来说杀手会主动站出来自首。两组对立杀了另一方的人，只要主动自首，忍受十年的牢狱之苦，出来之后就可以直接晋升为组织的高层干部。虽然现在变少了，但以前这种事并不罕见。

另外，作为警察一方，也会将此定性为黑社会组织之间的争斗，只要有人站出来的话，就不会做进一步的调查。这已经成了一条不成文的规定。

但杀害若月的杀手一直没有自首，难道是想在杀掉若月和久保两人之后再自首吗？可若是杀了两个人的话，就不是十年牢狱之苦的问题了，极有可能是死刑或无期徒刑。

再退一步说，警察也不是吃干饭的。面对这种接连引起杀人案件的组织，肯定会采取措施。若动起真格来，说不定会大力削弱阿隈组的势力，使阿隈组走向灭亡。说到底，黑社会始终无法和警方抗衡。阿隈伦彰应该不是连这点也考虑不到的人。

另外，且不说若月，为何一定要取久保的性命呢？即便以前有过恩怨，但如今久保已脱离了黑社会组织，那么还有杀掉他的必要或是好处吗？对警察来说，发生已经从黑社会金盆洗手的普通民众被杀案件的话，只会加强调查力度。

再说了，若杀掉若月的话，若月组的组员，尤其是真岛必定会展开报复。因为这一害怕遭到对方反击的心理起着抑制作用，国家之间才不会轻易发生战争。黑社会也是一样，若是莽撞出手的话，一定会引火上身。

若月组虽在走下坡线，但以真岛为中心的好战派依然健在。若真岛展开报复，发展为全面斗争的话，阿隈伦彰的性命也会受到威胁，同时会给警察制造加强管制的借口。

不论怎么想都太欠考虑了。难道是他们有什么真岛不会展开报复的依据，或者是，即便发展为全面斗争，也有自信可以打赢。

出于他以前做黑社会的经验，将所有的事都算在阿隈组头上显然不合理。这么做简直相当于自杀。但除了阿隈组之外，久保完全想不出其他的嫌疑人。

想必这当中另有隐情。

阿隈组为了摧毁若月组，杀了若月和久保，发起争斗。事情并非这么简单。

背后一定有着更深的阴谋。就算杀手是阿隈组，也并非他刚才设

169

想的那么简单，而是牵扯着更多复杂的因素，并经过了一定的谋划与考量。虽然大家嘴上说着什么义理人情、侠义之道，可追根究底，都是为了自己的利益。没有比黑社会更加擅长算计的了，他们所有的行动皆以利害得失为出发点。

背后究竟隐藏着什么样的阴谋，如果无法看破这一点，他就无法推理出真相。

"四分钟过去，还剩六分钟。"

必须找回做黑社会时的感觉。黑社会靠的就是心理战，预测对方的想法与感情。为了让对手按照自己的期望行动，灵活运用鞭子与糖、金钱与暴力、诱惑与威胁。

一名出色的黑社会成员，是不会滥用暴力的。因为即使不使用暴力，他也有办法让现实朝自己希望的方向发展，掌握所需要的筹码。从这一筹码出发，就可以反过来推理出其中隐藏了什么样的阴谋，他现在要做的就是解读出这一阴谋。

久保再次将事情从头整理一遍，从身处这场棋局的每个人的行为中，解读出其想法及意图所在。

首先是宇田川到访。

宇田川感受到了若月组即将到来的危机，他现在负责掌管组里的财务，在久保离开后，眼看着收入一点点减少，他是最能切实体会到这一点的人物。而阿隈组也借此机会，不断发起挑衅。宇田川知道久保被逐出组织只是对外的说法，所以来恳求久保回到组里。久保拒绝宇田川时，他脸上露出了非常失望的表情，那个表情不会有假。

接着是濑户。

濑户得知宇田川在这个时候和久保接触后，揣测了其意图，甚至猜测久保因记恨自己被逐出若月组，所以指使宇田川在内部做接应，想要除掉若月，自己当组长。但直接和久保见面后，他应该也感受到了现在的久保根本就没有那种野心。久保已经完全过上了普通人的生活，有着多年刑警经验的濑户对这种事应该很敏感才对。

不过，对濑户也不能完全信任。虽然他是名优秀的刑警，但在正义感这方面却很可疑。也不能排除他被阿隈组收买的可能性，若真是这样的话，濑户掌握的信息全都会流向阿隈组。不，甚至还存在濑户为了阿隈组进行某些秘密工作的可能性。总之对濑户不能大意。

濑户到访一周之后，若月被杀了。

虽然最有可能的是阿隈组，但如上所述，从黑社会的经验来看，事情并非这么简单。

久保突然想到。

如果是嫌疑人的话，宇田川也有这个可能。

即宇田川伪装成阿隈组的行径，杀了若月。动机是成为若月组的组长，也就是以下犯上。

若月一死，论资排辈下任组长应该由宇田川或真岛接任。但真岛不是当组长的料，他更喜欢独断专行，崇尚个人主义。而且缺乏学识，对财务和经营一窍不通，只适合做冲锋陷阵的战斗人员。因此按照顺序，接任下任组长的一定是宇田川。

宇田川很有可能对若月怀有不满，从他那天说话的语气中也可以听出来。随着收入逐渐减少，可以预见作为财务负责人的宇田川肯定会受到责备。要是若月继续担任组长的话，组织一定会垮掉。宇田川想着，若是久保能回来的话那样最好，可久保明确拒绝了自己，所以不如干脆……从理论上讲，这一动机是成立的。

据濑户所说，若月被杀的时候，宇田川就在身旁护卫。他完全可以趁这一没有其他组员在场的机会自己动手杀了若月，然后伪装成被阿限组射杀的样子。

不过，这种做法具有很大的风险。就算杀掉若月后，能顺利接任组长，可之后的事完全无法预测。

最理想的结果是警察也信以为真，误以为是阿限组的行径，进而利用警察的力量摧毁阿限组。但是谁也无法保证事情真的会如此发展。

另外，听濑户说，当时杀害若月的事发现场，没有发现任何杀手留下的踪迹。如果宇田川是凶手的话，应该会留下某些指向阿限组的线索才对，可事实上并没有。

还有一个很大的不安因素就是真岛。真岛的行为完全不可控，有时就连他的老大若月也对真岛无计可施，是个发起狂来就不管不顾的人物。若老大被干掉的话，一定会展开报复。听濑户说，若月被射杀时，真岛正在大楼的事务所内参加宴会。而之后则行踪不明，十有八九是已经开始报复行动了。真岛的话，也保不齐会直接带着机关枪，冲进阿限组的事务所。这样一来，两组之间的斗争必然一触即发。

从力量上看，不论是规模还是财力，阿隈组都在若月组之上。因此最后获胜的一定是阿隈组。宇田川不至于连这点也预测不到。

看来不是宇田川。宇田川不如若月会聚拢人心，他自己应该也明白。若真的这样做，若月死后，只会招来阿隈组更加猛烈的攻势。届时作为刚上任的组长，他根本就没有力量抗衡。

只会落到和明智光秀[1]一样做三天皇帝的下场。宇田川是个懂得深谋远虑的男人，应该不会策划这种毫无远见的计划。

"六分钟过去，还剩四分钟。"

时间越来越少了。

可推理却完全没有进展。

接下来，久保试着从若月死后到自己被杀这段时间发生的事出发进行思考。

电视上报道出若月死亡的新闻后，他接到了濑户的电话，被问及有无不在场证明。也就是说濑户（警察）怀疑到了久保杀害若月的可能性，动机是因为被逐出组织的怨恨，或是为了除掉若月夺取组长的位置。可是，久保并没有不在场证明，因此，濑户应当没有完全排除久保杀害若月的可能性。

不过，当时他将脱离组织的原委都告诉了濑户，也表明了自己没有返回黑社会的意图。经过他的解释，濑户当时看上去像是理解了的

1　明智光秀：明智光秀（1528年—1582年），日本战国时期名将，织田信长帐下重要将领。1582年发动本能寺之变致使信长身亡。但上任仅数日后就败给羽柴秀吉，其短命的政权被人称为"三日天下"。——译者注

样子。

挂掉电话不久，宇田川就来到了店里，并将沙漠之鹰还给了他。根据宇田川的说法，是因为阿隈组很有可能盯上久保。也就是说，宇田川认为是阿隈组杀了若月，而且出于过去的恩怨还会进一步来取久保的性命。而实际上，久保就在那晚被杀。

果然如宇田川所说，杀害久保也是阿隈组所为吗？

"不，等一下，也有可能是真岛。"

没错，真岛也有可能。

也就是说，真岛误以为是久保杀了若月，所以为了复仇杀了久保。真岛并不知道久保被逐出组织的真相，因此以为久保怀恨在心，并杀了若月。因为警察也有这种怀疑，由此可见这一传言流传得很广。

但就算是真岛，既要来找久保复仇，就必须确定若月的确为久保所杀。万一弄错复仇对象的话，将成为一生的耻辱，真岛也没有愚蠢到那种程度。换言之，如果真的是真岛为了复仇杀了久保的话，那他一定是确信了久保就是凶手。可实际上，久保并没有杀若月。那么，真岛是如何判断出若月是久保所杀呢？

想不明白。

离开黑社会的世界，已经过去了两年。

关于业界内的最新信息，自己完全没有掌握。说到现在脑海中有的信息，也只有从宇田川和濑户那里听来的，以及新闻报道而已。加上各种错综复杂的传言和猜测，根本就不知道每条信息具有多大的可信度。

推理需要具体的证据，可是，哪里有那种东西？

只是怀疑的话，可以有无穷无尽的可能性。就像谁是暗杀龙马[1]的主谋这一争论一样，若只是列举可疑人物的话，可以创造出无数种假说。

真的像沙罗说的那样，仅凭现在掌握的信息就可以推理出真相吗。久保开始怀疑自己是不是被骗了。

"呐，沙罗。"

"嗯？"

沙罗吃东西的速度很快，不一会儿就吃完了两人份的文字烧，正在舔一根冰棒。

"凭借我现在脑海中的信息真的就可以锁定凶手吗？"

"是的，我说过了，阎魔是不会说谎的。"

"可我现在掌握的信息基本上都是听来的，可信度都无法保证。至于物证则一个都没有，这要怎么推理？"

"我怎么知道？"

沙罗完全一副事不关己的样子，吃完了冰棒。确认了木柄上没有再来一根的字样，咂了咂舌，丢进了垃圾桶。

"猜不出来的话，下地狱就好了。"

沙罗填饱了肚子，舒服地伸了伸懒腰。

1　龙马：坂本龙马（1836年—1867年），日本明治维新时代的维新志士，倒幕维新运动活动家，思想家。1867年12月10日，在京都与同藩倒幕派人士、陆援队队长中冈慎太郎商谈时，在京都酱油商近江屋遇刺身亡。——译者注

"八分钟过去，还剩两分钟。"

糟糕。

再这样下去等待他的只有地狱。他还不知道里美是否安全，琴美死的时候，他发过誓一定会保护女儿。他不能在这种地方死去。

现在最重要的是找出能指认凶手的物证。前面的推理不过是从已知情况出发列举出的可能性罢了。即便真相就在这几种可能性当中，也必须找到可以证实它就是正确答案的具体证据。

杀手究竟是谁？

根据前面的推理，现在的可能性有三种。

① 杀掉若月的是阿隈组。而且为了了结以前组织分裂时结下的恩怨，又杀了久保。实施犯罪的是阿隈组的安斋。

② 杀掉若月的是阿隈组。而且借着谣言，伪装成久保杀了若月的样子。被骗的真岛为了复仇杀了久保。

③ 杀掉若月的是宇田川。而且伪装成久保杀了若月的样子。被骗的真岛为了复仇杀了久保。

倘若若月和久保的死有关的话，最有可能的答案就是这三种。

可哪个才是正确答案呢？

从做黑社会的经验来看，①不太有可能。

②和③两种可能性中，杀害若月的人虽有所不同，但伪装成久保杀了若月这点是共通的。

这样一来的话，他们是如何伪装成久保就是凶手就成了问题的关键。

176

据濑户所说，杀害若月的案发现场没有找到任何杀手留下的踪迹。也就是说杀手并没有留下久保就是杀手的线索。如果有的话，久保应该会受到警察更加严厉的审问才对。

不，如果②或③是正确答案的话，真凶的目的都在于让真岛误会是久保杀了若月，并去找久保复仇。若在案发现场故意留下久保就是杀手的线索的话，搞不好久保会被警察逮捕。这样一来，真岛便没有时间复仇，真凶也达不到目的。

换言之，想让真岛杀掉久保的话，无须在现场留下久保杀了若月的痕迹，只要让真岛一人这么以为就可以了。

那么，真凶是怎么做到这一点的呢？

若月被射杀时，真岛在大楼的事务所内。

……物证？

突然，脑海中某些东西变得豁然开朗。

"原来如此。"

在当时的情景下，要让真岛一人认为是久保杀了若月，确实有一个方法。而那也正是物证。

这样看的话，这一系列事件的背后操手，就是那个男人无疑了。

可是，仍然有些难以置信，想必其中还有某些隐情吧。

"还剩十秒，十、九、八、七、六……"

沙罗开始倒计时。

用最后的十秒时间，再次从全局出发审视一遍棋局里所有的棋子。是谁向谁施加了压力，让其付诸行动，或者是向那个方向进行了诱导。其背后有着什么样的谋略。从整体上使案件更加清晰。

"五、四、三、二、一、零。时间到，你有答案了吗？"

"啊，我全都明白了。"

说完，久保感到浑身脱力。

3

"那么，请开始说明吧。"

"嗯，解开谜题的关键是我的那把枪，沙漠之鹰。那是把美国制造，很难弄到手的枪。日本有这把手枪的恐怕只有我一人吧，就连枪械迷真岛也十分想要。

"事情的开端是宇田川的到访。宇田川想让我回到组里，那应该是他的真心话。若月组正处于生死存亡的危机之时，再这样下去的话自己的安危也无法保证，想到这一点的宇田川心里十分没底，于是找到了我。但我并没有回去的意思，听到我的回答后，宇田川领悟到，若月组要完了。可是，就在我把沙漠之鹰交给他的时候，他想到了一个起死回生的方法。那个方法就是伪装成是我杀了若月，让真岛找我复仇。

"那我就按照事情实际发生的顺序来解说。

"首先是杀害若月的那一天。凌晨一点，组员们在事务所内开着宴会。若月中途离席，打算返回家中，宇田川作为护卫跟在他身边。出大楼后，接送若月回家的车已经停在了门口，宇田川打开后车门，让若月坐进去。

　　"当时在场的大概只有若月、宇田川和司机三人，对宇田川来说是千载难逢的机会。确认了司机没有看这边，宇田川掏出沙漠之鹰射穿了若月的头部。因为距离非常近，所以根本不用担心射偏。然后装成从近处遭到射击的样子。

　　"若月被射杀，大家最先想到的当然是关系逐渐激化的阿隈组。可只有一个人，会认为凶手是我，那就是真岛。真岛当时在事务所内，听到外面传来的枪声，急忙跑了出来，然后就看到若月被杀，宇田川喊叫着他们遭到了埋伏，杀手已经逃走了。

　　"但真岛从枪声中误以为我就是杀手。作为枪械迷的真岛只需要听一下枪声，就可以判断出枪械的类型。就像铁路迷只是听到电车运行的声音，就能分辨出车辆种类一样。沙漠之鹰是享有世界最高性能之称的枪支，枪声应该也有其独有的特征吧。去海外进行射击训练时，真岛可能接触过这种枪，并判断出刚才听到的枪声就是沙漠之鹰。日本持有这把枪的只有我一个人，所以真岛才会误以为是我杀了若月。而让真岛听到枪声并产生这种想法，全都是宇田川的计划。

　　"我对外是被逐出组织的，真岛也一直这么以为。而且组里一直流传着我要排除若月夺取组织的流言。所以真岛才会对我杀了若月这件事深信不疑。

　　"依照真岛的性格，组织的头目被干掉的话，他一定会展开报复。我脱离组织后没有告诉任何人联系方式，所以真岛为了找到我花了一点时间。在他找到我之前，宇田川先他一步出现，告诉我阿隈组想要我的命，还把沙漠之鹰还给我做护身之用。

"宇田川把枪还给我时经过了细心的保养，那是为了抹掉枪支使用过的痕迹，尤其是去除硝烟的气味。还有他当时用手帕包好还给我也是为了不留下自己的指纹。

"真岛总会找到我的住处，但我曾经也是黑社会，还持有枪支。所以真岛也报以十二分的谨慎，他小心地潜入店里，然后将我射杀。

"之后会怎样呢？我的尸体被发现，而且拿着沙漠之鹰。警察只要一调查这把枪，就会从子弹的膛线痕中查出这就是杀害若月的枪支，然后我就会被认定为凶手。

"顺带一提，若月死亡的时间，我没有不在场证明。那是因为宇田川故意挑了我大概没有不在场证明的时间动手的原因。

"至此，事情就变成了我杀了若月，真岛为了复仇杀了我的剧本。真岛遭到逮捕的话，接任组长的人选便只剩宇田川一人。从这种意义上看，结论其实再简单不过。因为若月、我、真岛三人均消失的话，要说谁获益最大，那就是宇田川。

"可是，我不认为这些计划全都是宇田川一个人想出来的，就算他想得出来，也未必有勇气付诸行动。我很了解宇田川，他性格比较沉稳，不像是会想出这种计划的人。而且，就算他顺利当上组长，也不见得能振兴若月组，最终只能是当三天皇帝。宇田川不会连这点也不清楚。

"接下来只是我的推测，我猜想背后一定是阿隈组在牵线。宇田川是被教唆的。黑社会在与敌对势力较量时，往往从对方最薄弱的地方下手，加以引诱或威胁，引发内部分裂，这可以说是最常见的手段。阿隈组一定是向宇田川提出了某些极具诱惑性的条件，比如只要除掉和阿隈组有过恩怨的若月和我，以及危险人物真岛，当上组长，就将若月组收入麾下，或是确保若月组的管辖范围等，来怂恿宇田川。

"在宇田川看来，我能够回到组里则再好不过，但若是不行的话，与其就这样下去被阿隈组灭掉，还不如加入阿隈组麾下。换言之，他没能抵挡住阿隈组的诱惑。然后，在我将沙漠之鹰交到他手上时，他脑海中构想出了可以巧妙地解决若月、我以及真岛的方法。

"宇田川能够实施这一系列计划，都是因为有阿隈组做后盾。正是因为有了阿隈组对今后安稳生活的保证，他才能痛下决心，决定赌这一把。只是，这种空头支票是否真的能兑现就很可疑了。怎么样，我说的没错吧？"

沙罗盯着平板电脑，点了点头，然后抬起她的大眼睛看着久保。

"回答正确。"

"果然是这样啊。"

"既然你已经猜出凶手了，那我来补充说明一下吧。若月组在你离开后，以肉眼可见的速度一点点走向衰落。你开拓的地下赌场事业，也是被阿隈组告发才遭到了警察的查封。如果你在的话，肯定会想出更好的应对办法，而且阿隈组原本也会因为害怕遭到报复不敢轻举妄为。若月组长失去你这个左膀右臂后，面临着非常严峻的经营状况。宇田川也切实体会到了危机感。

"某一天，阿隈组找到宇田川。就像你说的一样，从对方最薄弱的地方下手正是黑社会的做法。阿隈组看出了宇田川内心的软弱，于是为他设好了圈套。阿隈组向他保证只要解决掉若月、久保、真岛三人，当上组长的话，就将其收入麾下，管辖范围也和之前不变。

"在阿隈伦彰看来，你和若月两个人他无论如何都不能原谅，因为你们是与他对峙最激烈，并带领组员分离出组织的中心人物。你虽然已经脱离了黑社会，但若月一死，难保你不会站出来，在阿隈组看来，那样才更可怕。所以，解决你和若月两人是前提条件。另外，真岛也很危险，若月被杀的话一定会找仇家复仇，而且绝对不会接受加入阿隈组麾下。也就是说，解决掉这三个人，才是阿隈组向宇田川提出的必要条件。

"宇田川一开始拒绝了这个提议，因为若月对他也有恩。可是脆弱的内心最终没有战胜不安。若月组一直处于下滑趋势，被阿隈组吞并是不可避免的结果。是大家一起死，还是解决掉三个人，加入阿隈组麾下。宇田川被迫面临二选一的抉择。

"而宇田川就和你说的一样，比较向往安稳，也很惜命。根本没有与敌人玉石俱焚的气魄。他去拜访你是最后的挣扎，只要你能回来的话，若月组就能回到从前。宇田川也是带着很大的决心去求你的，可你果断地回绝了他，那时他便坚定了加入阿隈组麾下的想法。然后从你手中接过沙漠之鹰时，想到了利用这把枪巧妙地除掉三个人的计划。

"剩下的就如同你推理的一样。

"若月被杀的那晚。全部组员都在参加宴会，若月留下'可以喝到早上'的话，便起身离席，宇田川作为护卫跟在他身边。这简直是千载难逢的机会。深夜一点左右的话，你应该不会有不在场证明。真岛也在能够听到枪声的位置，而且也没有喝太多。宇田川一直在等待这一时机的出现。

"出了事务所大楼，确认好没有人看到后，宇田川拿出沙漠之鹰射杀了若月。听到枪声的真岛误以为你就是凶手，进而找你复仇。宇田川只需趁真岛调查你住所的时候，把枪上的硝烟味道擦干净，再还给你就可以了。

"不过，宇田川对于要不要把沙漠之鹰还给你有所犹豫。要伪装成你就是杀害若月的凶手，就必须把枪交到你手上。可若真的给你，他又怕真岛来复仇时，反被你所杀。这样一来，自己的计划就会全部泡汤。

"可是他又转而觉得这个担心没有必要，因为时隔两年再次相见的你，完全褪去了锐气，甚至有些窝囊。现在的你不过是个开乌冬面店的大叔，即使把枪还给你，也不可能战胜真岛。而事实上，你也轻易地死在了真岛手上。"

"濑户也说过同样的话，原来宇田川也是这样看我的。"

"因为做黑社会时的威慑感完全消失了。"

"怎么说呢，感觉被这么一说心情还真有点复杂。"

"再来说一下你死后发生的事。实际上距离你被杀，人间已经过去了两天。听到枪声后，附近的居民报了警，之后便发现了你的尸体。通过调查你手中的沙漠之鹰，从膛线痕中查出和杀害若月的是同一把枪，警察因此断定你就是凶手。而真岛在完成复仇后，不仅不躲不逃，反而自豪地向警察自首了，事情就此告一段落。若月、真岛不在后，宇田川顺理成章就任代理组长。接下来就只等阿隈组兑现承诺，待事情的热度过去之后，加入阿隈组麾下，安稳度日了。可是……"

"只怕事情没有那么简单。"

"宇田川的想法过于天真了。"

"一旦被阿隈组收入麾下，等待他的就只有遭受压榨的结果。等没有可榨取的东西时，失去了利用价值的宇田川一定会受到排挤，最终被驱逐出组织吧。他只是被当作棋子利用了而已。"

"没错。"沙罗说道。

"话说回来，里美现在怎么样？"

"你女儿没有危险。真岛来杀你时，若她也在旁边的话，很有可能受到牵连。不过你事先让她转移了，这是个明智的选择。"

"那就好。"

"就是听到你的死讯后，在酒店房间内哭成了泪人。"

"……"

"特别是警察判定是你杀了若月一事，在你女儿看来，每天在乌冬面店认真工作的你不可能做那种事，于是拼命向警察申诉。可是，杀害若月使用的枪就在你手中，这是不可动摇的证据。她也没有其他可以依靠的人，怀着对未来强烈的不安，面对父亲被杀的事实，整日在惶恐中度过。"

"沙罗，快点让我复活吧。"

"好，不过，虽然说是复活，但准确来说是将时间倒回去。如果倒回去太多的话，之后的调整会很麻烦，所以我会倒回到你死前的一刻。"

"死前的一刻是指？"

"大概就是真岛入侵到店里的时候。不过，你来过这里的记忆会全部消失。"

"也就是说我会忘记自己死过一次吗，也包括沙罗的事？"

"是的。"

"的确，如果记得这里发生的事确实不妥。可若是那样的话，即便复活不也会马上死掉吗？"

"这点你放心，我会看着办的。"

"是吗，明白了，那就拜托了。"

"那我开始了。"

"先等一下。刚才你也提到了，琴美现在还在天国吗？"

"是的，毕竟她是铜卡持有者。通常死后半年左右就会进入轮回转世，但她一直在等你死后来到天国，然后一起转生，好在来世再次相遇。"

"那可以帮我转告她，我会晚一点去找她吗？因为现世还有事情等着我去做。"

"不要，太麻烦了。"

"就只是给在天国的琴美写封信就好了。"

"你是让我一个堂堂阎魔的女儿，专门去天国找到琴美的所在地，然后写信寄给她吗？"

"这也花不了多少工夫吧，就这点事而已。"

"阎魔答应的事就一定会办到，可相反的，做不到的事也会明确拒绝。因为很麻烦所以我不要。"

"啊，这样，那算了，小气鬼。"

"我声明一下。这样一来琴美的保命请愿书就作废了，你的人生经过了一次重启，将从零再次开始。下次死的时候，为了能在天国和琴美再会，请务必积累善行，辛勤劳动，还有千万不要回到黑社会。要是下地狱的话，就再也见不到琴美了。"

"嗯，我不会回到黑社会的。我会一直作为乌冬面店店主，走完今后的人生。这样就好，这就可以了。"

"那我开始了。"

"还有一件事，若月怎么样？"

"我也不知道，因为那天是父亲负责的。"

"应当是下地狱了吧。"

"我想也是，毕竟他是黑社会的头目。"

"如果我说想让若月复活，肯定是不可以的吧？"

"因为审判结果已经下达了，所以绝对不可能。"

"算了，这也是没办法的事。做黑社会还祈求去天国这种想法本身就很狂妄。"

“那就开始了。”

“沙罗，谢谢，真是受你关照了。”

“今天遇到我代班，你真是走大运了，要是父亲的话，才不会管有没有铜卡持有者的请愿书，只要一看到职业栏上写着黑社会，立马就会让你下地狱吧。父亲的工作就是这么粗糙。”

“是啊，的确很幸运。要是可以的话，能顺便帮我给在天国的琴美写封信那就更好了。”

“不要。”

“可以再问一件事吗，沙罗究竟多少岁啊？看外表好像不到二十岁的样子，可说话方式一点也不像。你不会比我还年长吧？”

“随便询问女性的年龄是很失礼的事。不过，地球的一年和灵界的一年的确有很大差异。”

“果然是这样啊。”

“那我开始了。”

“啊，稍等一下。”

“这次又怎么了，因为很浪费时间，我不会再回答你的问题了。”

“啊，抱歉，就是想再多和你聊聊。抱歉了，你继续吧。”

沙罗面向桌子，在平板电脑上接上键盘，接着花了大约一分钟时间输入文字。

“那么，请千万不要做回黑社会。你有时会有些性急，所以做事之前要三思而后行。”

“谢谢你的忠告，我会记在心里。”

"我会寄信给琴美，告诉她你和女儿两人都过得很好。"

"谢谢，你果然很善良。"

"那我开始了，因为要强行进入时空的缝隙，所以会非常疼，请忍着吧。芝麻开花，久保达树，返回地上吧。"

沙罗按下回车键。

4

——"哈啊。"

不由得打了个哈欠，长时间绷紧神经总忍不住疲倦。但是，即使现在上床睡觉大概也睡不着。

就像濑户说的，自己的獠牙可能真的退化了。

如果是以前的话，就算不睡觉他也可以长时间保持紧张状态。相反，想要睡的时候，无论在哪儿都能睡着。如今的他已经失去了这份魄力，完全习惯了早睡早起的乌冬面店主生活。

突然间就像是身处梦境一般。觉得不可能会有人想要他的命，这都是自己的妄想而已。

就在这时，久保感到背后好像有人。

他迅速想要拔出腰间的沙漠之鹰，但在那之前，有什么东西抵住了他的后脑。

是枪口。

在久保做出反应之前。

咚，沉重的枪声响起。

中招了，久保这么想着，身体变得僵硬。

下一个瞬间，身后好像有什么倒了下去。枪声的余音依然回荡在耳边，震动着鼓膜。

慢慢转头看向身后。

乌冬面店的后门处，濑户举着枪站在略微昏暗的光线下。

倒在地上的人是真岛，后背被击中，地板上流了大量的血。

硝烟和血的味道。

真岛的手上握着一把左轮手枪，且已经扣下了扳机。

"濑户先生。"久保说道。

濑户放下手枪，轻微出了口气。

"真是千钧一发啊，还好赶上了。"

濑户就这样拿着手枪，走到真岛身边，将手指按在其颈动脉上查看脉搏。不过就算不测脉搏，也可以看出他已经没有呼吸了。

濑户就像看蟑蟥的尸体一样俯视真岛，似乎并没有采取急救措施的打算。

真岛大睁着充血的双眼，脸上还是愤怒的表情。

大概过了一分钟时间，地板就变成了鲜血的海洋。

濑户将枪收进枪套，拿出电话。

"喂，我是濑户。……对，我射杀了真岛。地点在中板桥的乌冬面店。稍后再详细解释，我想大概已经救不活了，不过姑且还是叫辆救护车吧。"

真岛还是死了。

随后警察赶到，立刻开始了现场查证。

久保被带到警察局，接受了讯问，可他什么也答不上来，因为他真的什么都不知道。

讯问结束后，濑户走进审讯室。看上去很疲劳的样子，应该是刚向上司解释完射杀真岛时的状况吧。

濑户坐在椅子上，松了松领带。

"真岛大概是以为若月是你杀的，才来找你寻仇的。"

因为真岛拿着枪行踪不明，所以上面命令所有调查人员在调查时必须携带枪支。可他们重点警戒的是真岛找阿隈组复仇，并没有关注久保的动向。

濑户说道："有人向当地的警察局打电话，说有一个形迹可疑的男人在附近闲晃。男人眼神很可怕，剃着平头，左侧眉毛上有一条很明显的伤疤。从这些特征中，我猜到是真岛，所以急忙赶来。于是刚好看到真岛绕到店铺后门，划破玻璃，入侵到店内的样子。手里还握着手枪，不是我谦虚，我的射击技术在警局里一直都是排倒数的。若是演变成枪战，我肯定没有胜算。于是我便悄无声息地跟在他身后，直到确保万无一失可以射中的距离，才开了枪。也因此变成了最后千钧一发的时刻。"

"真是多谢相救。"

"上面的那些笨蛋虽然说什么'难道就没有活捉的办法吗'，可

对方可是那个真岛，就算用枪指着让他乖乖束手就擒，那家伙也不会
听的。只能开枪射击啊。"

"那是谁向警局打的电话？"

"大概是附近的居民吧。是用公共电话打的，对方没有留下名
字。这也是常有的事，因为怕受到牵连，匿名向警察提供信息。只听
说声音听上去是名年轻女性，除此之外就不知道了。"

"年轻女性……"

也就是说，自己能得救多亏了这通匿名电话。

"但是，真岛为什么要杀我？"

"不清楚，这是现在最大的谜题。"

"他认为是我杀了若月对吗？"

"应该是这样。因为一直有传言说，你因为怨恨若月将你逐出组
织，所以想伺机报复。"

"若月不是我杀的。"

"我知道。"

"那究竟是谁杀了若月呢？"

"还不知道，现在仍在调查。"

听濑户说，警察因其他案件搜查了阿隈组的事务所，可没有找到
任何关于杀害若月的证据。

中板桥乌冬面店陷入了关店的危机。

由于店内发生了杀人案件，媒体纷纷涌来。虽然久保的名字没有

登上报纸，可原黑社会成员的身份还是暴露了。

房东单方面提出解约，三层的住所也住不下去了。没有办法，久保只能暂时住进里美避难的酒店。

沙漠之鹰仍在他手中。真岛被射杀时，枪就别在他的腰间。之后虽然被带往警察局，但因为不是嫌疑人，所以没有受到身体检查，枪也就一直在他手中。

接下来的一周时间，无事可做的久保反复思考，为什么真岛会以为是自己杀了若月，还有若月究竟是谁所杀。

想了一周后，他得出了答案。

其实答案就在眼前，那就是沙漠之鹰。它正是解开谜题的钥匙。

距离真岛被射杀一周之后。

若月的葬礼在事务所内举行，丧主是宇田川。

宇田川现已就任为代理组长，因为没有其他合适人选，不久就会升任为组长吧。

久保身着丧服，去了葬礼现场。

一直有杀害若月嫌疑的久保一出现，可以明显感觉组员们都紧张了起来。但久保没有畏惧，堂堂正正地走到前面，对着若月的遗像鞠了一躬，然后在遗体前上了香。

接着，他对一旁的宇田川说道："可以谈谈吗？"

"啊，好。"

久保的目光投向宇田川时，宇田川脸上浮现出了胆怯的神情。

宇田川将久保领到组长室，自那天向若月下跪祈求脱离组织以来，他还是第一次进入这个房间。

"我想单独和你谈，可以让其他人回避吗？"

因为宇田川身边跟着随从，所以久保开口说道。宇田川点点头，向那人示意，随从微微行礼后走出房间。

久保从怀中掏出沙漠之鹰，将枪口对准宇田川，宇田川的表情瞬间僵硬起来。

"这……这是什么意思？"

"我才要问你呢，你到底是什么意思？"

宇田川后退两步，久保便向前逼近两步。

"你指的是什么？"

"是你杀了若月吧，用的就是这把沙漠之鹰。真岛听到枪声，才误以为我就是凶手。如果真岛杀掉我，再被警察逮捕的话，你就可以稳坐若月组组长的位置了。"

宇田川咽了口唾沫。

久保又逼近一步。

"当上组长后你打算怎么做，这不是你一个人能想出来的计划。肯定是阿隈组在从中挑拨吧，之后你要加入阿隈组的麾下吗？他们是不是承诺了你不会动若月组的管辖范围之类的条件？"

久保拿着枪又靠近了一步，宇田川也向后退了一步，他好像没有带枪。

"你想的太天真了，你就是被利用了，阿隈组那帮人这会儿一定在偷笑吧。失去了若月和真岛的若月组根本就不堪一击，要摧毁也是轻而易举的事。你只是他们的一颗棋子，失去利用价值的黑社会是什么下场，你不会不清楚吧？"

久保再向前一步，宇田川再次后退，撞到了身后的墙上。

"我再问你一件事。你把枪还给我，就没想过真岛来报仇时，会死在我枪下吗？"

"啊，不是……"

"还是说，我在你眼里就那么窝囊吗。以至于你觉得，现在的我即便是手里有枪，也会轻易地被真岛干掉？"

久保自嘲地笑道："不过，你的判断是对的。若不是濑户先生及时出现的话，我已经被杀了。"

又向前一步。

"但是，这种事怎样都无所谓了。若月是我兄弟，虽然我已经脱离黑社会，可结拜过的情谊还在。"

再向前一步。

"还是你觉得我是那种即使兄弟被杀，也没胆量报仇的男人？"

将枪口对准宇田川的额头。

"我现在就用这把沙漠之鹰替兄弟报仇。"

手指扣在扳机上。

"去死吧。"

毫不犹豫地扣动了扳机。

"啊！"

宇田川发出痉挛般的声音，闭上了眼睛。

枪发出咔咔声。

宇田川吓得腰一软，一个屁墩儿坐在地上。

"开玩笑的，里面没装子弹。"

久保放下枪，收进怀中。

"我已经不是黑社会了，什么仁义啊，面子啊，在我看来麻烦得要死。开了乌冬面店后我才知道，自己原来所处的黑道的世界有多小。乌冬远比它深奥多了。"

久保俯视着宇田川。

"宇田川，你现在知道自己有多大的胆量了吧。你顶多是个会耍些小聪明的小人物。我已经和濑户先生解释过了，只有一天时间，趁着逮捕令还未发出快去自首，知道了吗？"

久保转身背对宇田川，向门的方向走去。

身后传来宇田川的声音。

"这都是久保先生的错。"

"啊？"

"脱离阿隈组的时候，我不是冲着若月组长，而是跟随久保先生来的。可是，你却自顾自地离开组织……这样也太自我了吧。"

"那还真是对不住，等你出来后，来吃碗我做的乌冬面吧，到时候我的店一定会成为日本第一的乌冬面店。"

第二日，宇田川到警局自首了。

久保将射杀若月使用的沙漠之鹰上交了。虽然违反了枪支法，但因为对案件调查的积极配合，因此并没被追究罪责。

宇田川坦白了一切。他果然是受到了阿隈组的教唆，可能不能判定阿隈组教唆杀人罪，还无法确定。濑户倒是意气风发地想借着这次机会，好好修理一下阿隈组。

若月组解散了，组员们各奔东西。管辖范围被阿隈组吞并，这样来看最终还是变成了阿隈组期望的结果。

暴风雨过后，一切归于平静。

久保仍住在酒店里。

因为发生了这么多事，他不免有些消沉。脱离黑社会两年，他拼尽全力积累起来的东西全部归零，一切都得重新开始。

久保躺在酒店的床上，完全不想动。

"我回来了。"

门被打开，穿着学校制服的里美走了进来，她现在已经可以正常上学了。

里美手中拿着手机。

"爸爸，看这个。"

"嗯？"

"这里怎么样，我觉得还可以。"

手机画面是房地产网站上面向个体经营户的店铺租赁信息。

为了开家新的乌冬面店，他们正在寻找合适的店面。里美对乌冬面店的经营已经规划得非常详细，包括选址条件、建筑物的面积和外观、租赁费用等。这个店面一定是里美精心挑选出来的吧。

"这里半年前好像是一家很有名的荞麦面店，但因为店主年迈，又没有继承人，所以只好关店。之后也没有找到接手的承租方，就这样空置了半年。"

"哦——"

"因为今天下课早，所以我联系了房地产商，实地去看了一下，还拍了照片，你看。"

里美大概拍了五十张照片，有外观、店内、厨房、卫生间。建筑物虽已有些年头，但看得出之前的店主非常爱惜物品，所以并不会给人以陈旧的印象，反倒是有着使用过的光泽感。

店内还保持着荞麦面店的原样，大概是经常打扫的缘故，窗户非常干净，厨房也没有污渍。还有一个大号的冰箱，桌子等备品也很齐全，似乎立马就可以营业。

"房主说店内的东西全部都可以给我们，若是我们能继续用的话，他也会感到欣慰。"

"那真是求之不得！"

"怎么样？"

"不错，应该说，感觉没有比这更合适的店面了。"

选址也不错，附近就有车站，对面就是商业街，中午时分应该不愁客人。租赁费也不贵。而且不管是乌冬面店还是荞麦面店，使用的设备其实没有什么太大区别。若是这里的话，基本上不用购入新的东西。

"是吧，那就定这里吧。我这就签约。"

里美立马拿出手机要打电话。

"喂，先等等，就算再怎么便宜，还有其他需要考虑的事吧，我们住的地方也还没定。"

"暂时拿着睡袋住在店里就可以啦，像现在这样拖着住在酒店才更花钱。我想过了，初期费用就用妈妈留下的保险金。"

"等一下，那是给你留学的费用啊。"

"是啊，那是妈妈留给我的钱，我只是暂时借给爸爸而已。所以你要拼命工作，在我留学之前还给我哦。"

"嗯，好。"

"那就决定了。"

里美给房地产商打了电话，表达了想要签约的想法。

在这种情况下，女人一般更加坚强，或者说这就是里美的个性。而且年轻人对网络也更加熟悉，在这个网络信息时代，对于目的明确的人，事情也会进展得更为迅速。

里美挂了电话。

"那就出发吧！"

"啊，去哪儿？"

"去店里啊。刚才已经和房主预定好了，现在就可以做开店准备了。先从最基本的打扫开始吧，我们没钱请清洁公司吧。"

"啊，是啊。"

"赶紧准备啊，快点！"

"哦，啊。"

"我们现在不能止步不前，要不顾一切地拼命工作才行。"

"……啊。"

女性真的很坚强。久保还未从消沉中走出来，里美却完全切换好了心情。

久保洗完脸，刮了胡子。

里美脱下学校制服，换上平时的衣服。好像是肚子饿了，她一边看手机，一边啃着巧克力块。

"呐，里美。"

"嗯？"

"你的梦想是什么？"

"怎么突然问这个？"

"因为你说想去留学，我就想你是不是有什么梦想。"

里美一动不动地盯着父亲的脸，好像在试探一样。

"我想成为CA。"

"CA？哦，空姐啊。"

"是客舱乘务员。所以才需要外语能力，但这只是一方面，还有就是我想到国外住住看。这也是母亲的梦想。"

"琴美的吗？"

"妈妈死之前说过，就算一次也好，想去外国旅行，因为她连飞机也没坐过。要是在健康的时候说出来的话，明明就可以带她去了。"

"是这样啊……"

"她好像还想过住在国外。妈妈的遗物里，有很多这方面的东西，像世界地图啊，国外旅行指南啊，还有刊载了世界不同航空公司CA制服的照片集。可能是向往着这个工作吧，可妈妈只有初中学历，根本当不了CA。"

"琴美只有初中学历吗？"

"所以，我才想成为CA去世界各地看看。"

"我一点也不知道。"

"爸爸真的对妈妈的事一无所知呢。"

"嗯，因为我不太在意人的过去。我既没问过她，她也没主动说过。"

关于琴美，久保只知道她没有双亲，在儿童福利院长大，还有就是初遇时是女招待。仔细一想，除此之外他什么都不知道。不过他也隐约察觉到了琴美的过去并不幸福。

"妈妈说过，是爸爸拯救了她。"

"我吗？我做过什么吗？怎么感觉净给她添麻烦了。"

"你想知道妈妈的人生是什么样的吗？在遇到爸爸之前是怎么过的。"

"感觉又想知道，又不想知道。这么说你都知道吗？"

"妈妈死之前和我说了一些自己的事。痛苦的事、快乐的事、遗憾的事，还有后悔的事。"

"唉，那说给我听吧。"

"嗯——要不要告诉你呢？"

"什么啊，不是你先提出来的吗。"

"之后吧，我会慢慢告诉你的。"

里美吃完最后一口巧克力，将包装纸丢进垃圾桶。

"妈妈一定在天堂守护着我们吧。"

"是啊，她一定在天堂自由自在地过着生前无法享受的生活。"

在千钧一发之际得救或许也是托妻子的福，那通打给警察厅的匿名电话说不定就是妻子从天堂打来的。

"那出发吧。"

里美先出了房间。

久保也做着准备。一切都将从零开始，就像人生被重置了一样，他将重新出发。

两手叫嚣着，已经按捺不住想要擀乌冬面的心情了。久保再次认识到自己无论是身体还是心灵都成了一个名副其实的乌冬面店主。

他暗下决心，要继续磨炼手艺，经营日本第一的乌冬面店。等哪天去到那个世界后，也要让琴美尝一尝第一美味的乌冬面。

他看向房间里摆着的琴美的照片。

然后在心里默念道，请在天国守护着我和女儿吧。

"爸爸，你在干什么，快一点啊！"

房间外传来里美催促的声音。

"啊，知道了，我女儿可真是个急性子。"

久保拿起包，用手指抚摸了一下照片中琴美的脸庞，然后追着女儿出了房间。

北京市版权局著作合同登记号：图字 01-2022-3774

图书在版编目（ＣＩＰ）数据

点与线的推理游戏 /（日）木元哉多著；史姣译
. -- 北京：台海出版社，2022.10
（阎魔堂沙罗的推理奇谭）
ISBN 978-7-5168-3387-2

Ⅰ.①点… Ⅱ.①木…②史… Ⅲ.①推理小说－日
本－现代 Ⅳ.① I313.45

中国版本图书馆 CIP 数据核字 (2022) 第 162803 号

点与线的推理游戏

著　　者：[日]木元哉多	译　　者：史　姣	

出 版 人：蔡　旭	封面绘制：Kei Mochizuki
责任编辑：员晓博	封面设计：MF 蜜梦

出版发行：台海出版社
地　　址：北京市东城区景山东街 20 号　　邮政编码：100009
电　　话：010-64041652（发行、邮购）
传　　真：010-84045799（总编室）
网　　址：www.taimeng.org.cn/thcbs/default.htm
E - mail：thcbs@126.com

经　　销：全国各地新华书店
印　　刷：嘉业印刷（天津）有限公司
本书如有破损、缺页、装订错误，请与本社联系调换

开　　本：880 毫米 ×1230 毫米	1/32	
字　　数：140 千字	印　　张：6.75	
版　　次：2022 年 10 月第 1 版	印　　次：2023 年 3 月第 1 次印刷	
书　　号：ISBN 978-7-5168-3387-2		

定　　价：48.00 元